「よろしければ我が国アルトレオで、竜師として働いていただけませんか？」

「せっかくの申し出ですが、断らせて下さい」

「ええと……今、何とおっしゃいましたか？」

「本当に光栄ですが……私はもう竜師はやらないと決めたのです」

おっさん竜師、第二の人生

「ミレーナ様！　いいのですかこんなところに来て」

「こっそり抜け出し……こほん、今はその、休憩時間になったので、お水とお弁当をお持ちしたんですよ」

「それはありがたい！」

「さっきお料理の授業で作ったばかりなんですよ」

「ミレーナ様がですか？」

「ええこれからの時代、王女でも料理の一つくらいはできた方がいいと」

――そう言って教育係を説得したのは当のミレーナ本人である。今日は学問の授業だったのだが、ミレーナたっての希望で料理に変更されたのだ。

「……美味しいですか？」

「むぐむぐ……ええ、とても！」

ドルトの言葉にミレーナは、心底ほっとした様子で息を吐いた。

おっさん竜師、第二の人生

謙虚なサークル
ill. こちも

口絵・本文イラスト
こちも

装丁
杉本臣希

Contents

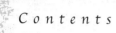

プロローグ――おっさん、クビになる

「というわけで、お前さんはクビだ」

石畳の一室で、初老の男はつまらなそうにそう吐き捨てた。

男の前には長机。そこには紙束が積まれている。

紙束の一枚には解雇予定者と書かれ、その下に人名がずらっと並んでいた。

そこに記されていた名、「ドルト＝イェーガー」に男は×印を付ける。

男の目の前にいる当の本人――ドルトは男の言葉を聞き、額を押さえた。

「……今、なんと仰《おつしや》いましたか？」

「じゃから、お前さん、クビ」

そう言い返されてドルトは、男の言葉《クビ》の理由を察してため息を吐《つ》く。

ついにこの時が来たな、と。

この国……大陸最強の軍事国家ガルンモッサは数百年前の戦乱の大陸において、最強であった。

特に獰猛《どうもう》な竜を従え、乗りこなす竜騎士団の破壊力はすさまじく、あっという間に大国へとのし上がった。

以来、ガルンモッサ竜騎士団は大陸最強の名をほしいままにしていたのである。

だが時は流れ、平和が続き……何十年も戦争のないこの大陸ではそのありがたみも失われつつあった。

軍隊は、特に竜騎士団は金食い虫である。

世論の煽《あお》りを受け、軍備縮小を迫られた結果、最近は多くの者が解雇され、城を去っていた。

辞めさせられる者たちは職種は様々だが、基本的には身分の低い者ばかり。

竜の世話、調教、その他諸々《もろもろ》を引き受ける竜師――――ドルトもその一人というわけだ。

もちろん竜騎士団の維持に竜師の役割は極めて大きい。

だが、国の上層部がそんなものを気にしているはずもない。

というか、知らないのだろうとドルトは思った。

竜の世話を丸投げされているドルトがいなくなれば、まともな管理など出来なくなるということを。

だから無駄だと知りつつも、一応尋ねる。

「……本気ですか?」

「くどいのう、間違いなどない！　竜師ドルト＝イェーガーは本日をもってクビじゃ！」

男はハエでも払うように、ドルトに向かってしっしと手を振った。

ちなみにこの男、元々はどこぞの部隊長なのだが、歳《とし》を取り、身体《からだ》が言う事を聞かなくなったという事で執務員に異動となったのだ。

だが気性が荒く、攻撃的な性格の為《ため》、様々な部署をたらい回しにされるような厄介者。

噂《うわさ》は本人の耳にも入り、それが気に入らないのかますます誰彼構わず怒鳴り散らすようになった。

結果、殆《ほとん》どの人間が彼を相手にしなくなっていく……

嫌われ者の彼に与えられたのは誰かに退職《クビ》を言いつける仕事。

自身の評判が落ちるのも構わず、相手を好き勝手怒鳴りつけられるこの仕事は、男にはぴったりであった。

そんな人間が残って自分がクビかと、ドルトは思わず苦笑いをした。

男はそれを見て、顔を険しくする。

「……何がおかしい」

「いえ、別に」

「笑っとるじゃあないか！　ふざけるなよこの若造！　ごくつぶし！」

隣の部屋まで聞こえそうな大声で怒鳴り散らす男を無視して、ドルトはふむと頷《うなず》いた。

（とはいえ、別にしがみつく仕事でもないか）

竜師の仕事は大変だ。

毎日竜に合わせての生活、朝早くから夜遅くまで、泥だらけになりながら走り回らねばならない。

身体も大きく力の強い竜だ。暴れただけでも生死に関わるし、実際ドルト自身何度も死にかけた事がある。

特にドルトがやっていた下働きは、給金も安く、底辺職としてよく蔑《さげす》みの目で見られていた。

たまに新人が入っては来たものの、そのキツさにすぐに辞めてしまったものである。

そんな仕事を長く続けていたドルトは、精神的にも体力的にも限界だった。

なら、田舎に戻って畑でも耕すのも悪くない……そうドルトは考えていた。

ガルンモッサ王都へと出稼ぎに来てすぐ竜師となったドルトは、殆ど城を出ることがなかった。

そんなドルトのちょっとした楽しみは、窓から見える農家の暮らしぶりだった。

郊外で田畑を耕し、作物を作る人たちを見て、ドルトは彼らののんびりした暮らしにひそかに憧《あこが》れていた。

（そうだ、農業をやろう！　いい機会だ）

幸い金を使う暇もない程働いていていたため、それなりの蓄えがある。

少し早い第二の人生だが、これも丁度いい機会かもしれない。

「わかりました。ではそうさせてもらいます」

「……ふん、物わかりはいいようじゃの。言い返す度胸がないのかもしれんが、はっはっは」

十分に怒鳴り声をあげて満足したのか、男は今度は気分よさそうに大笑いした。

これだけ歳を食っているにもかかわらず、まともに精神も安定しない老人に憐《あわ》れみの目を向け、ドルトは思った。

（そうだ。もうこんな面倒な輩《やから》とも二度と関わることもないのだ）

そう考えるとむしろ、前向きな気持ちになれた。

ドルトは形ばかりの一礼をして、席を立つ。

男は言い負かしたことに気分を良くしたのか、更に声量を上げた。

「貴様のような阿呆《あほう》がおらんようになってせいせいするわ！　もう二度と城の敷居をまたぐでないぞ！」

「言われなくても二度と来ませんよ」

「何ィ!?　貴様、今何と言った!?」

ばたん、と扉を閉める音が返事だった。

部屋の中からは、山猿の吠《ほ》えたような男の声が響いていた。

◆

「そうだ、荷物を取りに行かなきゃな」

ドルトはそう呟《つぶや》きながら、荷物を取りに部屋へと戻る。

部屋の荷物をまとめ、大きなリュックを背負ったドルトは部屋を出る。

この部屋ともおさらばか……そう呟いて、二十年以上の住処《すみか》に別れを告げた。

城を出る途中、廊下で若い騎士たちとすれ違った。

一人が大荷物を背負ったドルトに声をかけてくる。

「よぉおっさん、荷物をまとめてどこへ行くんだ？」

彼らの顔には見覚えがあった。

今年入ってきたばかりの新米騎士で、騎竜学校では優秀な生徒だったと聞いている。

「おっさんついにクビになったのかぁ？」

尤《もっと》も性格の方は騎士らしく品行方正……とは言えないが。

ドルトはため息を吐きながらも、作り笑顔を返す。

「はは、まぁそんなところだよ」

「ぎゃっはっは！　まじかよ!?　だせー！」

「おっさんこれからどうすんの！　いい歳でしょーに！」

「人生終了だな！」

若き竜騎士たちは、ドルトの不幸を大笑いした。

別段変わった事でもない。

騎士の出である彼らとしては、平民のドルトなど馬鹿にして当然の存在。

ドルト自身、その扱いを受けるのに慣れていた。

「ま、元気出せよな」

「俺たちはこれから訓練だからよ」

「じゃあなー」

彼らを見送りながら、ドルトはふと思い立つ。

そうだ。竜たちにお別れを言おう、と。

別に竜自体に思い入れはないが、なんだかんだ言いながら、二十年以上面倒を見てきたのだ。

ドルトはすぐに竜舎へと向かった。

◆

竜舎には、殆ど竜は残っていなかった。

そう言えば今日は月に一度の大規模訓練の日だったか。

訓練の内容や時間、スケジュールは基本的にドルトには知らされていない。

たまについて行く時も、突然いきなり待ったなしで指令が来る。

別れの挨拶《あいさつ》ができる竜は殆どいなそうだと思いながら、ドルトはがらんとした竜舎をゆっくり奥へ進んでいく。

と、ドルトは竜舎の奥で大きな影を見つけた。

「お前は残ってたんだな」

竜舎の奥、のそりと動く大きな影。

――――老竜ツァルゲル。

ガルンモッサ竜騎士団の大古株で、ドルトが来るより前からここにいる竜だ。

昔は多くの竜を率いて戦場を駆け、武勲をほしいままにしたと聞いている。

今では体力こそ劣るものの、豊富な経験を持ち、短時間であれば他の竜をも圧倒する。

さすがに現役を退いたが、ツァルゲルがいると他の竜が落ち着くということもあり、時折戦場へは出ていた。

特に新しく入った竜たちの訓練などは、ツァルゲルなしでは熟練の竜騎士たちでも手こずる程である。

そんなツァルゲルに、ドルト自身も随分世話になっていた。

「いよう、ツァルゲル！」

「グゥゥ……？」

ドルトに気付いたツァルゲルが、ゆっくりと首をもたげる。

鱗《うろこ》は先の方が劣化し、白くなり、眼《め》は少し淀《よど》んで黄ばんでいた。

角や牙《きば》も、若い竜に比べると欠けたりひび割れたりで、その身体は年齢を感じさせた。

ドルトが竜師になった頃に比べるとツァルゲルも幾分か衰えたが、今は落ち着いた雰囲気でこれはこれで好ましく見えた。

「お前も随分老けたよな」

「グゥゥゥ……」

ツァルゲルはその長い首を、ドルトを抱くように巻き付けた。

ドルトもそれに応えるように、腕全体で撫《な》でて返す。

――首を巻き付け合うというのは、竜が友好を示す仕草だ。

ドルトは師の言葉を思い出す。そして最初にこれを返してくれたのが、若き日のツァルゲルだった。

ひんやりとした手触りをドルトはしばし楽しみながら、呟く。

「いやー、俺さぁクビになっちゃったんだよな。だからもうお前らとは会えないんだよ。ごめんな」

「グルルル……」

ドルトの言葉の意味を理解しているかのように、ツァルゲルは静かに鳴く。

恐らく、ドルトの言葉の意味を大まかには理解しているような顔だった。

歳を経た竜は人の言葉を理解する程には賢い。

ましてやツァルゲルは騎竜として長い間、人と関わり続けてきた。

ドルトもツァルゲルも、何も言わずに首を寄せ合っていた。

それから、しばらくしてドルトは名残惜しそうにツァルゲルと首を離した。

じっと見つめ合った後、ツァルゲルの視線を振り切って背を向ける。

「じゃあな。最後にお前と会えてよかった」

背を向けたまま、ドルトは竜舎を後にする。

無意識に、徐々に足取りが重くなっているのにドルトは気づいた。

竜師をクビになり、城を追い出されても気にすることはなかったというのに、竜に別れを告げるのが一番の未練だとは。

大した思い入れなどなかったはずだけどな……と、ドルトは思わず苦笑した。

「グォォォォォォォォォォォォォォォォ‼」

――ツァルゲルが、吠えた。

天を衝《つ》き、地を震わせるような咆哮《ほうこう》。

思わず振り向いたドルトと、ツァルゲルの目が合う。

竜の瞳《ひとみ》はドルトとの別れを理解していた。

「オォォォォォォォォォォォォォォォォ‼」

止《や》まぬ、咆哮。

それが老竜の手向けなのだと気づいたドルトは、踵《きびす》を返し前を向く。

「……お前も、達者でな」

「オォォォォォォォォォォォォォォォォ‼」

ドルトはもう振り返らず、城を後にした。

ツァルゲルの咆哮はその日、止《や》むことはなかった。

それだけではない。

訓練に出ていた竜までもが突如鳴き始めたのだ。

暴れる竜も少なくなく、当然訓練は中止された。

一体何が起こったのか？　天変地異の前触れか？　はたまた世界の終わりか？

様々な憶測が飛び交ったがその理由に気づいた者は誰一人としておらず――その日、大国は偉大なる竜師を失った。

第一章――おっさん、王女様と出会う

「陛下、今月分の解雇者の名簿が上がってきましたが」

「あぁ、適当に処理しておけ」

「わかりました」

つまらなそうに言って、臣下の者を下がらせるガルンモッサ王。

解雇者は今月ばかりではない。来月も、再来月もリストはいっぱいだ。

王は財源に困ると、とにかく城の雇い人に暇を出していた。

正式雇用した人間は金がかかる。

契約上、仕事のない時だろうと休みの日だろうと、給金を払い続けなければならない。

しかし必要な時だけ短期で人を雇えば、その分給金を節約し、財源を大きく確保出来る。

その考えに至った時、王は我が考えの聡明《そうめい》さに震えた。

主に解雇の対象となったのは、生まれの貧しい者、出自の暗い者、身分の低い者。

仕事の量や種類は問わず、片っ端からである。

先王は出自を問わずに有能な者を重用していたため、城から人がどんどん減っていった。

しかしその分、財政は潤っていく。

王は自らの治世の素晴らしさに感動すら覚えている程で――つまり本日もご機嫌であった。

「陛下、ミレーナ様がいらっしゃいました」

「おおっ、来たか！　すぐに通せ！」

もう一つ、ご機嫌な理由はこれだ。

王は襟を正し咳払《せきばら》いをすると、来訪者を今か今かと待ち構えた。

しばらくして扉が開いた。

◆

入ってきたのは女性が三人。

従騎士が二人、その真ん中には美しく着飾った女性の姿。

金色の髪を後ろで束ね、青を基調としたドレスのような礼服は凛《りん》とした印象を与えていた。

ゆっくりと伏せていた目を上げると、女性と王の目が合った。

その美しさに王はごくりと生唾《なまつば》を飲み込んだ。

女性の美貌《びぼう》には、豪華な装飾すら引き立て役にしかなっていない。

――ミレーナ＝ウル＝アルトレオ。

大陸一の竜産出国であるアルトレオ連邦の、若き王女である。

「おお、久しぶりだなミレーナ王女よ！　元気であったか？」

「先週お会いしたばかりですよ。ガルンモッサ王もご壮健でなによりで」

王の言葉に、ミレーナと呼ばれた女性は微笑《ほほえ》んで答える。

微笑みかけられた王は、顔を上気させ玉座から立ち上がる。

「ふはは！　それはもう、元気が何よりの取り柄じゃよ！　のうミレーナ王女よ、今度ワシの陸竜でひとっ走り付き合わんか？」

正確には陸竜に引かせた車で、である。

竜に乗るにはそれなりの訓練が必要で、日頃運動もしない王に乗れるはずがなかった。

「構いませんよ。私の飛竜と並べるのなら、ですが」

それを見越したミレーナの言葉に王は苦笑する。

陸竜で飛竜の速度について行けるはずがない。

ていのいい断り文句であった。

「無茶を言う。王女にして飛竜をも乗りこなす『竜姫』ミレーナ王女と乗り比べなどしたら、笑い者にされるのがオチじゃわい！　仕方ない、今回ばかりは引き下がろうではないか。はっはっは！」

それでもめげずに大笑いするガルンモッサ王を見て、臣下の者たちが眉《まゆ》を顰《ひそ》めた。

ミレーナは涼しい顔をしていた。

「まぁよい。今日は竜を二頭ほど買い付けたいのじゃ」

「二頭……ふむ、構いませんが、先週も竜を買っていただいたばかりですよね」

「あぁ、新兵が順に乗るからの。一度に買うと持て余してしまう。たびたび来てもらって悪いが、頼めるか？」

「ええ、構いませんよ。また私が来るのが条件……ということでよろしいですか？」

「うむ！　うむうむ、そうじゃ！　やはりミレーナ王女に来てもらわねばの！」

大げさに、何度も頷《うなず》く王。ミレーナは頭を下げたままである。

竜の販売はミレーナが行うのが取り決めであった。

そしてしばし、王の話相手をすることも。

「さぁ面を上げよミレーナ王女。楽しく語らおうぞ！」

「……はい」

ミレーナは顔を上げ、微笑みを浮かべた。

その微笑みはまるで仮面が張り付いたような笑顔であった。

二人はしばし、雑談に興じる。

「……それにしても相変わらず財政が潤っているようで敬服いたします。よろしければ一体どのような手腕を振るっているのか、教えていただけませんか？」

「ふむ、興味があるかね？　よかろう、なぁに大したことではない。役立たず共に暇を与えただけよ。どうじゃ？　父上の頃と比べ、城がすっきりしたと思わぬか？」

「な……！」

ミレーナはその言葉に思わず絶句する。

その変化を喜んだと見たのか、王は上機嫌で続ける。

「父上の時代、ガルンモッサ城はうるさくて仕方がなかった。城内を職人や兵、食事係などが、バタバタと慌ただしく走り回っておったからな。ふん、あんなに人が必要なはずがないだろうに。だからワシは無用な人間を減らすことにしたのじゃよ。今月は給仕係を二人、事務員を三人、竜師を一人……」

「竜師⁉」

その単語に反応したミレーナが、大きな声を上げる。

何事かと目を丸くする王を見て、ミレーナはこほんと咳払いをした。

「し、失礼しました。……ガルンモッサ王、もしや竜師殿にも暇をお出しになられたのですか？」

「まぁな。……ふん、竜師などと偉そうな名前だが、所詮《しょせん》は飼育員。わざわざその為《ため》に人を雇わずとも、竜騎士たちにやらせれば済む話だからな」

「それは――――」

何かを言いかけてミレーナは、開きかけていた口を閉じた。

そしてしばし沈黙ののち、微笑みの仮面をつけ直し、ガルンモッサ王にこう返す。

「……そうかもしれませんね」

「であろう！　はっはっは！　他にもな――――」

ミレーナは微笑んだまま、自慢を並べるガルンモッサ王に「流石《さすが》」「見事」と相槌《あいづち》を打つ。

微笑みの仮面は今度はほころびを見せなかった。

「――――ふう、少し話し込んでしまったな」

ひとしきり話を続けたガルンモッサ王は、満足げな顔を浮かべた。

ようやく終わりかと内心ため息を吐《つ》きながら、ミレーナは表情を崩さない。

従騎士たちは足がしびれているようだった。

「楽しいお話を聞けて光栄ですわ。ガルンモッサ王」

「そうか、そうであろう！　ところで今度――――」

「竜の売約書は後ほど送付させていただきますので。……では、失礼いたします」

ミレーナは恭しく頭を下げ、立ち上がった。

さっと背を向けられては、さしものガルンモッサ王もそれ以上何も言えなかった。

ぐぬぬと歯ぎしりをしながら、王はミレーナ王女を送り出すのだった。

◆

足早に城を出たミレーナたちは、取っていた宿の部屋へと戻る。

城から離れている、ごく普通のいい宿。

客人であるミレーナらは城に招待されていたのだが、丁重にお断りしたのだ。

理由は言うまでもない事だった。

従騎士の一人は周りに人がいないのを確認し、扉を閉めた。

「あーーーーーー！　キモっ！　あんのエロオヤジ、ミレーナ様に色目を使っちゃってさ、死ねばいいのに。ね、ローラ」

「あまり大きな声を出さないの。どこで誰が聞いてるかわからないわよ。セーラ。ま、気持ちはわかるけど」

「でしょー！　あーもうサイアク」

互いに名を呼び合う女騎士。

赤い髪の方がセーラ、青い髪の方がローラである。

二人ともアルトレオの士官学校を卒業後、若くして竜騎士となり、今は王女の従騎士として仕えていた。

「二人とも、はしたないですよ」

「「はーい」」

ミレーナに窘《たしな》められ、二人はつまらなそうに返事した。

二人とも、騎士としてはまだ若い。

ミレーナとしては妹が出来たようで特に悪い気はしなかったが、行き過ぎた行動も多く、諫《いさ》めることも多かった。

「でもミレーナ様だって、あのエロ……王様の相手はしんどいでしょう？」

「そうでもありませんよ」

ミレーナは涼しい顔で言った。

「ガルンモッサ王は基本的に短慮にして浅慮、勢いだけで何も考えていないのです。彼の考えの一つ上をいけば、会話のイニシアチブを取るのは容易ですよ」

「……ミレーナ様が一番ひどい事を言っている気がする」

「……同感」

セーラとローラは、ミレーナを呆《あき》れた顔で見た。

「それよりいい事が聞けました。セーラ、ローラ。二人に頼みたい事があります」

「はい、何なりと」

「竜師、ドルト＝イェーガー殿を探し、連れてきて下さい。まだ近くにいるはずです」

「あのエロオヤジがクビにしたと言ってた人ですよね？　すごいんですか？」

「えぇ、それはもう！」

ミレーナが目を輝かせて言った。

あまりに先刻と打って変わったミレーナの様子に、セーラとローラは顔を見合わせる。

そんなことを全く気にせず、ミレーナは早口で続ける。

「竜は単に家畜化された牛や馬ではありません。気性は荒いし、手懐けるには並々ならぬ努力が必要なのはあなたたちも知っていますね？　食事や水にも気を遣わねばならないし、何より暴れると手が付けられない。その戦闘力ゆえ、周囲に甚大な被害をもたらす……ですがガルンモッサの竜は驚くほど穏やかで、健やかに育っていました。ガルンモッサ竜騎士団が大陸最強と呼び声高いのも、これが大きな要因と言えます。その竜を見るたびに私はこの国の竜師のすばらしさに嘆息を漏らしたものなのですよ。先王の頃に何度もお目にかかった事がありますが、あの方の前ではどんな竜もたちどころに大人しくなったものですよ。ドルト＝イェーガー殿……あの方こそ、竜の神に祝福された、最高の竜師なのです！　えぇ！」

一息で言い切ったミレーナは、うっとりとした顔で遠くを見ていた。

セーラとローラはそんな主《あるじ》の姿を見て、ぽかんとした。

「……ミレーナ様がそこまで言うなんて」

「珍しいよねー。いつもは男なんて興味ありません、てな感じなのにー」

「べ、別に殿方としてどうこうという話ではありません！　単に人として尊敬できる方だと！　そう言ってるのです！」

「ほんとですかぁー？」

「本当ですとも！　……こほん、とにかく！　彼を連れてきなさい」

「はーい。いこっ、ローラ」

「私は残るわ。この国は治安いいけど、流石にミレーナ様を独りにはしておけないし。一人で行ってきてくれる？　セーラ。ミレーナ様も構いませんよね」

「えぇそうね。気が利くわ。ローラ。……ではセーラ、お願いします」

「あいあい、行ってきまーす！」

セーラはびし！　とミレーナに敬礼を行うと、部屋から出ていくのだった。

ミレーナは扉に背を向け、窓際に立ち遠き故郷を想《おも》う。

アルトレオ連邦は小さな国々の集まりで、決して豊かではない。

大陸一の竜産出国であり良質な竜が国の資源であるが、あくまで竜を育てているだけの国である。

兵も弱く、他国が本気で攻め入ればすぐに滅んでしまうような弱国だ。

アルトレオの人間は和を好む、とても温和な国民性だ。

争いは苦手だが、勤勉で自立した者が多く、各部門では有名人もちらほらと輩出している。

まぁ少しその、個性的な者が多いがそれはそれ。

ミレーナ自慢の民たちである。

そんな彼等《かれら》を守る為、ミレーナは国を強くしたいと常々思っていた。

簡単には滅ぼされぬような強き国にしたいと。

とはいえ明確な展望があるわけでもなかったミレーナに、今回の出来事は僥倖《ぎょうこう》だった。

ドルトのような素晴らしい竜師がアルトレオの竜師をしてくれれば――

最高の竜と、最高の竜師。

(アルトレオはきっと、強くなる……!)

ミレーナは思わず拳《こぶし》を震わせるのだった。

◆

「さて、これからどうするかね」

城を出たドルトはとりあえず借りた宿のベッドにゴロンと転がる。

結構お高めの宿で、ベッドもふかふか、食事も豪勢。

ガルンモッサでの最後の贅沢《ぜいたく》のつもりで宿を借りたのだ。

竜師をクビになった今、嫌な思い出の残るガルンモッサにこれ以上いるつもりはない。

田舎で畑を耕すつもりだが、そうなるともう二度とこの街を訪れる事もあるまい。

田舎暮らしは嫌いではないが、帰る前に一度くらい街を見て回りたいとドルトは考えた。

何せあまりの忙しさである。街に降りたのは数年ぶりだった。

「そうだ、どうせなら農具を買って田舎に戻るか」

畑仕事には道具も必要である。

そうと決まればと、ドルトは買い物に出るべく外着に着替えて扉を開けた。

「行ってきまーす」

と、丁度隣の部屋の客が出ていくところだった。

出てきた若い女騎士はドルトを見て会釈をした。

「……あはは、こんにちはー」

「こんにちは」

「それじゃ！」

微妙に気まずい挨拶《あいさつ》を交わし、女騎士は小走りに階段を降りて行く。

「何かの任務だろうか。他国の騎士のようだったが……」

慌ただしいなとドルトは思ったが、自分には関係のない事だと首を振る。

気を取り直し、外へ出ようとするドルトの目の前で、またもや扉が開いた。

「ちょっと待ってセーラ、ドルト殿の似顔絵を描いたのでそれを持って――――きゃっ⁉」

飛び出しドルトにぶつかってきたのは金色の長い髪を持つ女性だった。

ドルトは転びそうになる女性の肩を支えて、立ち直らせた。

「大丈夫ですか？」

「えぇその、すみません……」

女性が顔を上げると、ドルトと目が合った。

正面から見ると、やたら整った顔立ちをしていた。

美しい金色の髪が、さらりとドルトの手に触れる。

女性はドルトを見て、目を丸くしていたかと思うと、

「ドルト殿っ！　お久しぶりです！」

そう言って、ドルトの両手を握った。

あまりの事態にドルトは困惑した。

何せドルトに女性の知り合いはいない。

ずっと竜の面倒ばかり見ていたのだ。

どう考えても人違いであると、そう判断した。

「えと……人違いでは？　どちらのドルト殿でしょうか？」

「こちらのです！　見間違えるはずがありません！　ドルト＝イェーガー殿！　私です、ミレーナですよ！　ミレーナ＝ウル＝アルトレオです！」

……と、言われてもドルトには全く覚えがない。

ミレーナは自分の事を全く記憶してないドルトにむむと苛立《いらだ》ち唇を尖《とが》らせていたが、ふと思い出したように駆けだした。

「と、とにかく少しお待ち下さい！」

「えぇ……買い物に行きたいんですが……」

「大事な用なのです！　お願いします！　では！」

「はぁ」

と、気のない返事を返しつつもドルトとて男である。

うら若き女性にそこまで言われて無下に出来るわけがない。

ミレーナは手すりに乗り出し階下の女騎士へと声を上げる。

「セーラ！　お戻りなさい！　いました！　ドルト殿見つかりました！」

「えー？　うそでしょー？」

「良いから！　戻りなさい！」

階下から聞こえるのは、先刻の女騎士の声である。

どうやらこの、ミレーナと名乗った女性の部下のようだった。

セーラと呼ばれた女騎士は、肩をすくめると階段を昇ってくる。

一息ついたミレーナは、呆気《あっけ》に取られるドルトの手を掴《つか》んだ。

「ドルト殿はこちらへ」

「ち、ちょ……!?」

そのままドルトはミレーナに手を引かれ、部屋へと引きずり込まれるのだった。

（……これは、どういう状況だろうか）

目の前にはにこにこと笑う金髪の女性、ミレーナ。

その傍《そば》では二人の女騎士が、ドルトを冷たく見下ろしている。

赤い髪はきつそうな、青い方は何を考えているかわからないような顔をしていた。

二人に共通していたのはじっと、鋭い視線をドルトに向けている事だった。

威圧たっぷりに睨《にら》まれ、所在無く目をキョロキョロとさせるドルトにミレーナはコーヒーカップを差し出した。

「どうぞ」

「あ、これはどうも……」

ドルトは受け取ったコーヒーをずずずと啜《すす》る。

風味が強く、コクがあるコーヒーだった。

いい豆を使っているという事はあまりこの手の嗜好《しこう》を好まぬドルトでもわかった。

「よくわかりませんが美味《おい》しいです」

「タンチャ産のいい豆を使っているんです。値段も安くて品質もよいので、訪れた際はいつも箱で買っているんですよ」

「へぇ……」

城からほとんど出ない暮らしをしていたドルトには、いまいちピンとこない話だった。

ドルトにはコーヒーの種類など、ミルクと砂糖の有無くらいでしか判別できなかった。

「あとは……えーと、そうだローラ、あれを持ってきてください。お土産でいただいたでしょう?」

「はっ」

ミレーナの命令に青い髪の女騎士は頭を下げ、部屋の奥へ行く。

そして持ってきたのは見るからに高そうな酒であった。

綺麗《きれい》な包装紙で包まれたそれを、ミレーナは手渡してきた。

「これはお土産です。どうぞお受け取り下さい」

「む……いいのですか?」

「ええ、突然来ていただいたのですもの。当然です」

「では遠慮なく」

ドルトはミレーナから酒を受け取ると、足元に置いた。

一呼吸おいて、ミレーナはコホンと咳払《せきばら》いをした。

「改めて、名乗らせてください。私はミレーナ＝ウル＝アルトレオ……とはすでに申しましたね。ではアルトレオ連邦の王女と言えばわかっていただけますか？　ドルト殿」

「んんんん～～っ!?」

思わず口に含んでいたコーヒーを噴き出しそうになったドルトは慌ててそれを飲み干した。

気管に詰まり、ゲホゲホと咳《せ》き込む。

「だ、大丈夫ですか？」

心配そうに声をかけるミレーナ。ドルトは何とか呼吸を整えて、言葉を返す。

「ほ、本当ですか!?」

「嘘《うそ》など申しません」

つんと少し不機嫌そうな顔で、ミレーナは言う。

そういえばドルトには「ミレーナ」という名前に少々聞き覚えがあった。

昔、アルトレオ連邦に竜の買い付けで行った際に城で子供の相手をした記憶がある。

ドルトの仕事をじっと見ていた金髪の少女……その名がミレーナだったような……そういえば面影がある気がした。

そう思いドルトはマジマジとミレーナの顔を見つめる。

「そ、そんなに見つめないでくださいまし……」

ミレーナはミレーナで、見つめられて照れているのか頬を赤く染めていた。

あまりに顔を近づけすぎたドルトに反応したのは、二人の女騎士である。

「不敬ですよ」

「そうよ。あんまりミレーナ様に近づくと殺すわよ」

突き刺すような冷たい声に、ドルトはミレーナから顔を離した。

(この二人、セーラ、ローラとか呼ばれていたか。確かにこの鎧《よろい》の紋章はアルトレオのものだ。

……ならば間違いない、のか？)

にわかには信じがたいが、この状況では信じる他になかった。

ミレーナはあの、ミレーナなのである。アルトレオの王女様。

「こほん、それでは本題に入りますね。……ドルト殿、あなたはガルンモッサ竜師を解雇されたと聞いております」

「ええまぁ。お恥ずかしい限りですが」

「恥じることなど何もありません。ドルト殿の価値を理解していない者の方が余程恥ずかしいのです！　それよりこれは我らにとっては僥倖。……こほん！　ドルト殿、貴公を我が国に迎えたいのです。よろしければ我が国アルトレオで、竜師として働いていただけませんか？」

ちらりと上目遣いでドルトの顔を覗《のぞ》き見《み》るミレーナ。

ほんのりと頬を赤く染め、目はキラキラと潤んでいる。

二人の女騎士は、見たことのない主《あるじ》の顔に正直困惑していた。

(ちょっとローラ！　ミレーナ様どうしちゃったの⁉　完全に女の顔になっちゃってるんですけど⁉　何なの⁉　ミレーナ様ってば、おっさん趣味なの⁉)

（謎。おっさん趣味なのかも。ごく普通のどこにでもいる冴《さ》えないおっさんにしか見えないけど）

（よねよね⁉　イケメン王子様の求婚も断りまくってたのにさ！　あーもう、私に一人欲しかったのにぃーっ！）

（セーラに王子様は釣り合わないと思う。どちらかというとパワー系男子の方が合ってると思う）

（ひどーっ！）

セーラとローラがアイコンタクトで言い争う。

そんな風に言われているとは露知らず、ミレーナは飲み干されたコーヒーカップに新しく注ぎ入れると、ドルトへと差し出した。

沈黙するドルトに耐え切れないように、ミレーナは再度言葉を繋《つな》げる。

「……それで、いかがでしょう？　ドルト殿」

ミレーナが固唾《かたず》を飲《の》んで、その返答を見守るその傍で、セーラとローラはため息を吐いていた。

（……まぁ受けるよね。ローラ）

（それはそうでしょう、セーラ。いい話ですもの）

（失業したばかりのおっさんなら尚更《なおさら》よねー）

しかも一国の王女直々のお誘いなのだ。断る方がどうかしている。

それにアルトレオに竜師が足りてないのは事実。

何せ人が足りないのだ。竜師はいるが竜の数も多く、個別に面倒を見られてはいなかった。

セーラもローラも竜騎士ではあるが、自分の竜は基本的には自分で面倒を見ている。

日々、泥だらけになっての作業はうら若き女子には少々厳しい。

冴えないおっさんが自分たちの周りをうろつくのはあまり好ましくないが、竜の世話をしてくれるならまぁいいかと考えることにした。

「ふむ、そうですね……」

ドルトは少し考えた後、頭を下げた。

「せっかくの申し出ですが、断らせて下さい」

「「えーーーーっ⁉」」

二人の声が部屋に響いた。

驚いたのはミレーナも同じである。

「えぇと……今、なんとおっしゃいましたか？」

震える声でミレーナが尋ねた。

カップを持つ手はカタカタと震え、コーヒーは零《こぼ》れそうになっていた。

それに気づいたドルトはあまりに申し訳なく思い、再度頭を下げる。

「お誘い頂き誠に光栄なのですが、お断りいたします」

「何故《なぜ》ですかっ⁉」

ガタンと、勢いよく机に叩《たた》きつけられたカップからコーヒーが零れた。

「ミレーナ様、落ち着いてください」

「そうですよ！　深呼吸です！　いち、に」

立ち上がるミレーナを二人の女騎士が宥《なだ》める。

ミレーナは二人に言われるがまま、すう、はあと息をして、再度ドルトを見た。

「あなたの竜師としての才能は埋れるには惜しい……是非、是非ともどうか、我々アルトレオに来て頂けませんか……？」

「本当に光栄ですが……私はもう竜師はやらないと決めたのです」

「理由を、せめて理由をお聞かせ願えますか？」

「……わかりました」

すがるように言うミレーナに、ドルトは重々しく口を開く。

「……純粋に、私は竜師という仕事に疲れたのですよ。朝は早いし、夜は寝れない。何かあったら休みでもすぐ顔を出さなきゃダメだし、遊んでる暇もない。旅行なんて以《もっ》ての外。竜舎で寝泊まりをして家に帰るのは三日に一度。臭いは取れなくてモテないし、たまに竜に噛《か》み付かれて大怪我《けが》もするし、そうでなくてもパワーが違いますから生傷は絶えません。その割に給金は安いし。まぁ忙しすぎて金を使う暇すらなかったので、貯蓄は出来ましたがね。はは。それに……」

そこまで言って、ドルトは口を閉ざす。

心底くたびれたドルトの表情は、ミレーナにそれ以上の追及を許さなかった。

「……まぁそんな感じです。どちらにしろ身体《からだ》が持たなかったのですよ。暇を頂けたのはむしろよかった。これからは田舎でのんびり畑でも耕して生きようと思います」

話し終えたドルトは、ゆっくりとコーヒーカップに口をつける。

――――沈黙、それを破ったのはミレーナの傍にいたセーラだった。

「あなたねぇ！」

そう声を上げ、ドルトに詰め寄る。

「そりゃあ竜師は大変でしょうよ！　私だって竜の世話をしてるんだもの、少しはわかるわ。でもね、生きてるんだから何したって大変なのよ！　それにミレーナ様がここまで言ってるのよ⁉　それを────」

「セーラ！　落ち着いて」

セーラの暴走を止めたのは、もう一人の女騎士だ。

「離してよ、ローラ！」

「いいから」

ローラと呼ばれた女騎士は、セーラに無理やり頭を下げさせるとミレーナの傍に戻る。

「……申し訳ありません。部下が失礼を」

「いいえ、彼女の言う通りですから。はは」

「ですが、そうですか。……わかりました。無理強いをするつもりはありません。諦《あきら》めます」

「本当に申し訳ない」

ドルトはもう一度頭を下げると、席を立った。

部屋を出るドルトを、ミレーナはずっと見つめていた。

◆

「はーあ、早まったかなぁ」

ドルトはそうひとりごちると、宿を出る。

上からの強烈な視線に見上げると、ミレーナが恨めしそうにドルトを見下ろしていた。

ドルトは引きつった愛想笑いを返して視線を送る。

「大体、俺以上の竜師なんていくらでもいるだろう。多分、何かで聞いた話が膨らんでるんだろうな」

一応大国を支えた竜師であるドルトを見つけて、気分が上がっているだけだろう。

ドルトはそう考え、彼女たちをひとまず忘れる事にした。

「さーて、早く行かないと市場が閉まっちまうぞっと……ん？」

ふと、宿の横の竜が目に留まる。

ミレーナらが乗ってきたものだろうか。

飛竜が一、陸竜が二。普通の客なら馬を使うだろうし、間違いはないと思われた。

「ん、この竜……それなりに手入れはされているようだけど、両腕が少し腫《は》れているな……」

恐らく、何かに訓練時にでも打ち付けたのだろう。竜騎士の使う竜であれば、そういう事もある。

そして乗り手がそれに気づかず放置して、腫れてしまったのだ。

ドルトは治療すべく触ろうとして、首を振った。

この竜は自分が世話をしている竜ではないのだ。

それどころか他国の王女のものである。

勝手に触っていいわけがない。

「……いかんいかん。悪い癖だな」

首を振り、知らぬふりをしようとするドルト。

だが、暫《しばら》く歩いた後、その足は止まった。

そしてええいと舌打ちをして、宿へと戻る。

「あ」

と、声を漏らしたのは先刻ドルトに掴《つか》みかかった女騎士、セーラである。

「冴えないおっさんだ」

「だれがおっさんだ。俺はまだ三十五だ！」

「完全におっさんじゃないの」

あははと笑うセーラに何を言っても無駄と考えたドルトは、必要な事だけ言って立ち去ることにした。

「あの陸竜、お前らのだろう？　腕を怪我しているみたいだから、乗る時は気をつけろ。……あぁいや、乗るな。その方がいい。もう片方はぴんぴんしてるからそっちに二人で乗れ。帰ったら竜師に見せるのを忘れるなよ」

「え？　あーそうなの？　んじゃ気をつけとくね。わざわざありがと、おっさん。あはっ」

「……必ずだぞ」

「はいはい、わかってるわかってる」

ひらひらと手を振りながら、セーラは階段を登っていった。

本当に大丈夫かよと不安になるドルトだったが、流石にこれ以上首を突っ込もうとは思えず、市場へと向かうのだった。

◆

ドルトが立ち去った後、ミレーナは椅子に座ったまま動かない。

何度もため息を漏らし、死んだ目で窓の外を見ている。

国民の鑑《かがみ》となるべく、いつも凛《りん》としているミレーナがここまで気が抜けているのを見て、ローラは流石に心配になってきた。

「お待たせーお金払ってきたよ。ローラ」

「ありがとうセーラ。……ミレーナ様、呆《ほう》けてないでそろそろ帰りますよ」

「……はーい」

気のない返事をしながらも、ヨロヨロ立ち上がるミレーナを見て二人は重症だと頭を抱えた。

(ちょっとローラ、大丈夫なのコレ。竜、乗れる？)

(大丈夫でしょうセーラ。あれでもアルトレオでも随一の飛竜の乗り手だし……多分)

着替えのボタンを掛け違えるミレーナを見て、二人はさらに不安を募らせる。

元気なく歩くミレーナを支え歩きながら、ローラは元気づけるべく声をかける。

「さぁ行きましょう、ミレーナ様。フラれたのは残念ですが、男なんていくらでもいますよ」

「フラれてなどおりません！　えぇもう断じて！　単に仕事を断られただけです！」

いきなり声を上げたミレーナに驚いたローラだったが、覇気を取り戻したとみて結果オーライと頷《うなず》くことにした。

これなら飛竜にも乗れるだろう。

「……ともかく城へ戻りましょう。またチャンスはあるかもしれません」

「そうですね。うん、時間が空けば聞いてくれるかもしれませんし？　どこかで偶然再会する可能性もありますね？」

「え、えぇ！　そうですとも、ね！　セーラ」

「ですです。ね！　ローラ」

少し元気を取り戻したミレーナは飛竜へと乗り込む。

しっかりと手綱を握るミレーナを見て一安心したローラは竜に飛び乗る。

それにセーラも続こうとして、ドルトの言った言葉を思い出した。

「あー……」

「どうしたの、セーラ」

「この子、なんだか怪我してるっぽいのよね。そんな事をあのおっさんが言ってた」

「どれどれ……うーん、別に怪我なんてしてなくない？」

「そう？　そうかな。ローラもそう思う？」

「うん、特に見た目はおかしくないと思うわ。早く用意しないと遅れるわよ。セーラ」

「そっかー。まぁいいか。確かにどうもないものね」

確かに竜の両腕は腫れている。

だがそれは、ドルトの目でしかわからぬ程の微小なものだった。

二人が気付かぬのも、無理はなかった。

「二人とも、何をしているのですか？　置いていきますよ」

「はーい。すぐ用意しまーす」

そう言ってセーラは、いつものように竜の右腕に足をかけて飛び乗る。

途端、竜の様子がおかしくなる。

竜は身体を小刻みに震わせ、吠《ほ》えた。

「ギャアアアアアアアアアアアアアア‼」

「あわわわわっ⁉」

竜は咆哮《ほうこう》を上げながら、セーラを乗せて暴れ始める。

「セーラ⁉」

「く……っ！」

暴れ出す竜を宥めようと、セーラは手綱を握りしめる。

何とか振り落とされなかったが、依然として暴れ続けていた。

「そうだ、竜の実《ドラゴンフルーツ》を……！」

セーラが腰のポーチから取り出したのは、紫色のこぶし大の木の実である。

――竜の実。

これは竜の調教用に使われる「飴《あめ》」だ。

このニオイを嗅《か》いだ竜は喉《のど》を鳴らし、一口食べれば無心で食べ続ける程の大好物。

猫で言うところのマタタビのような実であった。

竜に携わるものは、緊急用にそれを幾つか携帯しているのだ。

セーラは手にした竜の実を竜の口の中へと突っ込んだ――――が、ぺっと吐き出されてしまう。

「うそっ⁉」

驚愕《きょうがく》するセーラは、そのまま竜に乗せられ彼方《かなた》へと走り去る。

「たぁーすけてぇーーーっ！」

一瞬の事態に呆気《あっけ》に取られるミレーナとローラだったが、しばらくしてハッと我に返る。

「と、ともあれ追いましょう。ローラは陸竜で後を追って。私は飛竜にて上から」

「わかりました。あのままでは街に被害が出てしまいますからね」

「セーラだって危険よ。早く助けなければ！」

「……はっ」

主の、セーラの事を慮《おもんぱか》っての言葉にローラは深く頷くのだった。

◆

所変わって市場、ドルトは農具を買いに来ていた。

並べられた農具はしかし、農業というモノを欠片《かけら》も知らないドルトにとってはどれも同じように見える。

そもそも、まず何を買っていいのかすらわからない。

農業に必要なものは一体何なのかが全くわからなかった。

とりあえず一本の農具を手に取り、様々な角度から観察してみるが……やはりわからなかった。

ドルトは店主を呼び止め、尋ねる。

「この槍《やり》というか斧《おの》というか……これは何に使うんです？」

「へぇ旦那《だんな》、それは鍬《くわ》ってやつでさ。それで土を耕すんですぜ」

「土を……？」

ドルトは何のことかと首を傾《かし》げる。

それを見た店主は、ドルトがからかっているのかと思った。

「鍬ですよ。こーやって、ほら」

そう言って、店主は土を耕す真似《まね》をしてみる。

だがドルトはぼんやりした顔で首を傾げるのみだ。

（ははーん、こいつは本当に本気で農業に関してズブの素人なのだな？）

店主は察した。

鍬など誰でも、それこそ子供でも知っているような一般常識である。

それを知らぬとは余程の物知らず――――すなわち、だまし放題だと。

店主はニヤリと笑うと、揉《も》み手《で》でドルトに近寄る。

「これはこれは、もしかして農業を始めるおつもりですかな？」

「よくわかりましたね。実はそうなんですよ」

「ほほう！　という事は一から道具をすべてそろえなさるという事で。それでしたら、ぜひここで買われるといい。今なら特別に、初期農具全て買っていただいた方にお安く販売いたしております」

「おお、それは助かります！」

やはりカモかと、店主はその言葉に内心ほくそ笑む。

「それでしたらまず鍬と鎌、鋤《すき》も必要ですね。五本ずつは必須《ひっす》でしょう」

「くわ、かま、すき……？　全て同じ道具に見えるけど、違うものなのですか？」

どう見ても違うだろと内心突っ込みながら、店主は道具を説明する。

「鍬は土を耕すもの、鎌は雑草を刈るもの、鋤は地面を掘ったり整えたりするものです」

と、言われてもピンとこないドルトは適当に頷きながら尋ねる。

「ちなみにどうやって使うんです？」

「例えば鍬なら……さっき見せたように、こうやって土を掘り起こしていくんですわ」

店主は今度は実際に、鍬で地面を掘り起こしてみる。

それを見て、ドルトはようやくピンと来た。

「なるほど……地竜が爪研ぎをする要領ですね！」

「は？　いや、ただ普通に掘り起こすだけで……」

「わかりました！　やってみます！」

困惑する店主から鍬を借りると、ドルトは地面に鍬を突き立て、ゴリゴリと前後に引いていく。

確かに爪研ぎに似た動作。

しかし、それでは刃を擦《こす》り付けているだけで、土を掘り起こす目的を果たしていないのではと店主は思った。

「どうです⁉」

「え、ええ……いいのでは？」

「ありがとうございます！」

どう見てもよくなかったが、店主は客《ドルト》の機嫌を取るためそう言った。

はたから見ると不審で怪しい挙動の店主だが、ドルトはまったく気にしない。

「このクワ、でしたか。五本でいくらですか？」

「へい、本来は銅貨十枚のところ、特別に八枚でお譲りします」

「おお！　それはありがたい！　ではそれで」

本当のところ、鍬一本銅貨一枚がせいぜいである。

それを八枚とはぼったくりもいいところだが、ドルトは全く気づいていなかった。

完全にいいカモというやつであった。

この調子で売りつけてやろうと店主は話を続ける。

「他には何が？」

「そうですね。これなどは……」

店主が言いかけた時、ドルトの目が鋭く光った。

ぼったくりがバレたかと肝を冷やした店主だったが、どうにも様子が違う。

そして、理由はすぐに判明した。

「グァォォァァァァァォァア!!」

咆哮と共になぎ倒される、商店が見えた。

土埃《つちぼこり》の中から飛び出してきたのは、竜である。

そこかしこにあるものをなぎ倒しながら、こちらに向かってくるではないか。

店主は青ざめた。暴走した竜の破壊力は尋常ではない。

以前、騎士団の竜が暴走した時は市場がめちゃめちゃになり数日はまともに営業が出来なかったほどだ。

それが、まっすぐに店へと突っ込んできているのだ。

このままでは店が……狼狽《うろた》える店主の前に、ドルトが鍬を手にして立つ。

「これ、使えそうだな。……少し借ります」

「あ、あんた何を⁉」

「ガルルルァァァァ‼」

咆哮を上げ突進してくる陸竜の前に立《た》ち塞《ふさ》がるドルト。

店主はもはやこれまでと覚悟を決めた。

暴走した竜が激突し店は粉々、ドルトも店主も吹き飛ばされる。

店主も、逃げ惑う人々も、この場にいる全員がそう思った。

――――が、結末は意外な展開となった。

気づけば竜は進路を変え、人のいない方へと爆走していくではないか。

命が助かったことに気付いた店主は、へなへなと崩れ落ちた。

「助かった……？　あ、あれ？　お客さん？」

気づけば隣にいたはずの男の姿はなく。

走り去る竜の背に、店主はその姿を見た。

鍬を片手に間抜けな客《ドルト》が、竜を見事に乗りこなしていた。

◆

「ひょわっ⁉　な、なになに⁉　今度は何がっ⁉」

「いよう、まさかと思ったがやっぱりお前か」

「おっさん⁉」

竜の上には先刻乗り損ねたセーラが、何とかしがみついていた。

「ローラだっけ」

「セーラよ！　ローラはもう一人の方！」

「あぁ、賢そうな方がローラでお馬鹿っぽい方がセーラだな。憶《おぼ》えた」

「おいこらー！」

反論を聞き流しながら、ドルトは竜を見る。

先刻よりも赤く腫《は》れあがった右腕を見て、事の次第を察したドルトはため息を吐く。

「お前な……だから言っただろうが。こいつはケガしてるから乗るなって」

「だ、だって」

「大方どこが腫れているかわからなかったんだろう。それで大したことないと判断して乗ろうとしたんじゃないのか？　んで、暴走したと」

大方どころかピタリと正確に当てられ、セーラは口を噤《つぐ》んだ。

「うぐ……だ、だって本当にどこも怪我《けが》してないように見えたし……」

「竜の皮膚は分厚いから内出血での色の変化がわかりづらい。わかりにくいなら触って確かめる事だ。そうすれば反応でわかる」

ドルトはそう言って、竜の背を撫《な》でる。

セーラも真似るように触ってみるが、そんな些細《ささい》な変化がわかるはずもない。

「な？」

「いや、わかるわけないでしょ！　竜の肌は岩みたいに分厚いんだから！」

「そうか？　ここが背筋だろ？　こっちは血管が通ってる」

「わかんないわよ！　変態っ！」

変態呼ばわりされ、ドルトはむぅと唸《うな》る。

しかし、それは昔からよくある事なのであまり気にしないことにした。

「……ま、乗るならせめて、怪我した部分に触れずにとかな。少しは工夫しろってんだ」

「だって両腕を怪我してたんでしょう⁉　竜に乗る時は腕を足掛かりにするものだし、触れずに乗るなんて出来るわけないじゃない！」

「そうか？」

ドルトは手にした鍬をくるんと回す。

先刻、ドルトは突進してくる竜の首に鍬の刃の部分を引っ掛け、勢いを利用して飛び乗ったのだ。

当然、怪我した部分には、触れていない。

それを証拠に竜は気づくそぶりすらなかった。

「まぁ、起きたことは仕方ない。とりあえず竜を止めるから、しっかり掴《つか》まってろ」

「きゃーーっ⁉」

言った直後に竜の身体《からだ》が大きく跳ねる。

セーラは戸惑う暇もなく、ドルトの腰に掴まった。

「グルルルルルルォォォォォォ‼」

竜は咆哮《ほうこう》を上げ、暴れ続けていた。

道を阻むものを破壊し、飛び越え……むしろその速度は、ドルトが乗る前より上がっていた。

「ち、ちょっと！　何でスピードが上がってるのよ⁉　止めようとしてるんじゃないの⁉」

「少しは暴れさせた方が早く落ち着きやすくなるからな。あえてやりたいようにさせている」

「そうは言っても……きゃうっ⁉」

「舌を噛《か》むから静かにしてろ」

そのまま、ドルトは竜を思うまま走らせる。

勝手気ままに、ただまっすぐに。

尤《もっと》も、それはセーラ視点での話。

手綱を握ったドルトはストレスを与えぬよう、かつ出来るだけ街に被害を出さぬよう、致命的な箇所では回避行動をさせていた。

更に竜の向く先を僅《わず》かに僅かにずらしながら、街の外へ行くよう誘導していた。

その操竜技術に気付く者は、誰一人としていなかった。

しばらく走っただろうか、竜の速度が一段落ちた。

「ウルルルル……」

「よーしどうどう、そろそろ落ち着いてきたか？」

「いや、全然落ち着いてないわよっ」

竜の唸り声は微《かす》かに変わり、勢いも少し弱まっていた。

とはいえそれはドルト視点での話。

セーラ視点では依然、殆《ほとん》ど変わらない程度の変化であった。

「そろそろ食べてくれるかな」

ドルトは、機は熟せりとばかりに道具袋に手を突っ込む。

ガサゴソと中を弄《いじく》り、取り出したのは竜の実である。

それを見て、全く同じことをやろうとして失敗したセーラは思わず口走る。

「ちょっとおっさん、暴走状態の竜にそんなもの食べさせようとしても――――」

セーラの言葉をあざ笑うかのように、竜はあっさり竜の実を口にした。

あんぐりと口を開けるセーラ。竜は次第に足を緩めていく。

「な、なんで……？」

「その口ぶりだと暴走してすぐに焦って食べさせようとしたんだろう？」

「うぐ……そ、そうだけど……」

「お前だって怒り狂ってる時に大好物を口に突っ込まれても、ふざけんなって吐き出すだろ？　腕が折れてたって確かに走れるだろうが、走りたくはないだろ？　竜だって同じだ。人間も竜も、大して変わらない」

「……！」

言葉を失うセーラを見て、ドルトは続けた。

「竜だって生き物だ。ただの便利な乗り物じゃあない。調子のいい時もあれば、悪い時もあるんだよ」

「……ごめん、なさい」

「わかればいいんだ」

ドルトはそう言って、項垂《うなだ》れるセーラの頭を撫でた。

騎士となれば頭が固く、傲慢《ごうまん》でプライドも高いものだが、セーラはドルトの言葉に耳を貸す程度には頭が柔らかかった。

しばらくすると竜は完全に停止した。

先に降りたドルトは、セーラに手を差し伸べる。

「そら、早く降りて来いよ」

「あ……うん……」

素直にドルトの手を取ると、そのまま抱き寄せられるように竜から降りた。

今度は鎧《よろい》が竜に触れることはなかった。

セーラはドルトの顔を見上げる。

「あ、あー……あ……」

「あ？」

何度も口ごもりながら、セーラはようやく言葉を発した。

「ありがと、おっさん！」

「おっさん……ね」

城の竜騎士だったら早く止めろと喚《わめ》いた挙句、止めたら止めたで遅いとぶん殴ってきたであろう。

それに比べれば礼を言うだけマシかと思うことにして、ドルトは苦笑を浮かべるのだった。

「ギャアウー！」

竜がべろんとドルトの顔を舐《な》めた。

親愛の証《あかし》……ではあるが、べとべとにされたドルトは、おかえしとばかりに竜の喉元《のどもと》を撫でまわす。

「やりやがったなこのやろー！」

「グルルゥー！」

ドルトに撫でまくられ、竜はゴロゴロと喉《のど》を鳴らした。

その表情は、乗り手であるセーラでも見た事がないほどに蕩《とろ》けていた。

「セーラ！」

しばらくして、ローラの乗った竜が追い付いてきた。

ローラは竜から飛び降りると、セーラの元へと駆け寄り、抱きついた。

「セーラ！　よかった！」

それとほぼ同時に、上空からミレーナの乗った飛竜が降りてくる。

ミレーナは細い指で目元を拭《ぬぐ》っていた。

「全く、心配しましたよセーラ。怪我はないようですね」

「ごめんなさい……」

セーラは二人の方を向き、頭を下げた。

どうやら一件落着だと判断したドルトは、その場を離れる事にした。

これ以上厄介ごとに巻き込まれるのは御免だったからだ。

「待ちなさいよ！」

それに気づいたセーラが声を上げる。

ドルトに駆け寄り、その腕を掴《つか》む。

「あんた、それだけすごいのに、なんで竜師やめちゃうのよ」

「いやぁ竜師ってつらいし……それに俺、田舎で畑を耕そうと思ってるからさ……ってさっき言ったただろ？」

「ええ言ったわね……はぁ」

ため息を一つ吐くと、セーラは続ける。

「……なら、私が農業のやり方を教えてあげる。これでも農家の出なのよ私。だからドルト……さん。竜師になって！」

セーラの突然の申し出に、その場にいた全員が驚く。

いいですよね？　とアイコンタクトを送るセーラに、ミレーナはこくこくと頷《うなず》いた。

一瞬驚いたドルトだったが、少し考え込む。

そして考えた末、言った。

「いや、それはちょっと……畑くらい自分一人でできるんで」

「ほほーう？」

そう答えるドルトだが、セーラは威嚇するように目を光らせた。

「そこまで言うならやってみなさいな。見ててあげるわ」

「む……いいだろう。しかと目に焼き付けるがいいさ！」

そこまで言われては黙ってられぬとばかりに、ドルトは手にしていた鍬《くわ》を両手で握りしめる。

そして、大きく振り上げ、叩《たた》きつけた。

鍬は叩きつけられただけで土も掘り返さず、そもそも地面に刺さってもいない。

「……これは」

「ひどい……」

ドルトの謎の上下運動を見て、ミレーナとローラが呟《つぶや》く。

その隣ではセーラが震えていた。

「ふ、ふふ……動作から素人だとは思っていたけど……ここまでとはねぇ……」

「セーラ、落ち着いて」

「ローラは黙ってて……ふふ、ふふふ」

そんな二人のやり取りにも気づかず、ドルトは額の汗を拭《ふ》いた。

「ふぅ、こんな感じだろ？」

規則性もなく打ち下ろされた跡。

そして爽《さわ》やかな笑顔のドルトに、セーラの堪忍袋の緒は切れた。

その顔は鬼と化していた。

「何してんだっぺさーーーーッ！」

突如、吠《ほ》えるセーラ。その口調のあまりの違いっぷりに、さしものドルトも驚く。

セーラのこの、普段とは全く異なる口調《スラング》は、田舎の農家特有のものである。

セーラは感情が高ぶると、全力でそれが出てしまうのだ。

つかつかと歩いてきたセーラは、ドルトの鍬を奪い取った。

「ちょおー貸してみせるっぺ！　手本みしちゃるけえ！」

「あっはい」

あまりの迫力に、ドルトは即座に鍬を手渡した。

そんなドルトに目もくれず、セーラは鍬を手に地面を耕し始めた。

「鍬ってのはなぁ、こうやって使うんだぁ！　腰ぃ入れてやるんだっぺ！　腰をぉ！」

セーラの、腰の入った一撃が地面へと叩きつけられていく。

まるで水車のような力強く、流れるような動作に、全員が見入っていた。

「いやぁ、何度見てもすごいですね。セーラの耕しっぷりは」

「えぇ……鬼気迫るものがありますね」

感心したような口調のローラとミレーナ。

ちなみにドルトは未だ呆然《ぼうぜん》としていた。

……凄《すさ》まじい速度で畑が出来ていくのを、皆が見守っていた。

「わがっだかぁ！」

「……えーと、すごいっす」

額の汗をぐいと拭い、満面の笑みを浮かべるセーラにドルトはそう返すしかなかった。

「だろがぁ⁉　はっはっは――――」

ようやく我に返ったのか、セーラの動きが止まった。

そして、羞恥《しゅうち》に顔を赤くしていく。

そこまでやって照れるんかい、とドルトは内心突っ込んだ。

しばし沈黙ののち、セーラはドルトを睨《にら》み付け、ずびしと指差した。

「……そ、それでどうすんの⁉　私に教わる？　教わらない？　どちらでもいいけれども⁉」

若干キレ気味ではあるが、セーラは普段の口調に戻っていた。

顔は真っ赤なままだったが。

（正直言って、気は乗らないんだが……ふむ）

ドルトはセーラの耕した見事な畑を見て、ふと気づいた。

これは地竜が爪研ぎを子に教えるようなものだ。

地竜は土で爪研ぎをするが、それを教えるためにこうして地面を抉《えぐ》り、子に見せてやるのだ。

例えば親を失ったりでそれを習わなかった子竜の生存率は著しく落ちる。

ドルトは拾った地竜の子供にそれをやって見せ、教えた事がある。

言うならば教育……それをしてくれようとしているのだ。

考え込むドルトに、セーラは詰め寄る。

「言っておくけど、ど素人が何も知らずに農業に手を出したら……死ぬわよ」

「そうよ！　あんた鍬の使い方も知らないんでしょう？　土の作り方は？　肥料のやり方は？　季節ごとに育てるべき野菜の種類は？」

「うぐ……わ、わかりません……」

「でしょう？　あんたは人と竜も同じって言ったけど、野菜も一緒なのよ」

したり顔で言うセーラに、ドルトは確かにと頷いた。

気楽に考えていたが、セーラの言葉を聞いて考えを変えざるを得ないと思った。

「私からも、どうかお願いします。ドルト殿……！」

すがるように言うミレーナ。

ドルトは少し考え込んだ後、今度はゆっくりと頷いた。

「……わかりました。不肖者ですが、世話になってもよろしいですか？」

その言葉に、ミレーナはパッと顔を明るくする。

何度も、こくこくと頷いてドルトの手を取った。

「はいっ！　こちらこそお願いしますっ！」

花のような笑顔を浮かべるミレーナ。

その後ろでセーラが言った。

「まぁ、よろしくね。言っとくけど私は厳しいわよ」

ローラが言った。

「よろしく。セーラは農業に関しては本当に厳しいわ。死なないようにね」

「ちょ、そこまで言う？　ローラ」

「殺さないようにね、セーラ。ミレーナ様の大切な人だから」

「そ、そうですよ！　セーラ、お手柔らかにですよ！」

「ミレーナ様まで⁉」

ワイワイと騒がしい三人に囲まれ、ドルトは乾いた笑みを漏らす。

静かだったドルトの日常にはない、騒がしさ。

ドルトはそれが、別段嫌ではないことに気づいた。

こんな生活も悪くないかも、と。

「やれやれ、竜にはもう未練はなかったんだけどな」

それが言葉の通りなのかはドルト本人にもわからぬまま——ともあれ本日これより、アルトレオでのドルトの第二の人生が始まったのである。

◆

「あー疲れた疲れた」

訓練を終え、疲れ切ったガルンモッサ竜騎士団の者たちが、街道を行く。

竜も兵も泥だらけであり、その様子からは訓練の激しさが見て取れた。

「おっ、あそこの川で水浴びして行こうぜ。竜も一緒によ」

「でも竜師のおっさんがうるさいだろ？　夕方は竜に水を浴びさせるなーとか言ってよ」

「平気平気、もうおっさんクビになったんだってさ。そんな奴の言ってたことなんて、守ることないって」

「ほんとかよ。じゃあこれからは竜の世話を自分たちでやれって言ってたのは、それが理由か」

「そうそう。だから竜の身体《からだ》もついでにここで洗って行こうぜ」

「ならいいか。帰ってから洗うのは面倒クセェしな」

兵たちはそう言うと竜を引き連れ、ざぶざぶと川の中へと入って行く。

そのまま鎧《よろい》を脱ぎ、服を脱ぎ、裸になって自身と竜の汚れを洗い流した。

それが終わって川から上がると、火を焚《た》いて服や身体を乾かす。

乾きかけた頃には、日は傾き、辺りはうす暗くなってきた。

「おい、そろそろ日が暮れそうだぜ」

「もうすぐ街だ。あとは帰りながらでいいだろう」

兵たちは急いで荷支度を行い、服が半乾きなのも構わず竜に乗った。

思ったより時間を取られてしまったのに焦った彼らは、竜に鞭《むち》を入れる。

「そら、走れ」

だが竜の巨体は未だ温まり切っておらず、思うように速度は出ない。

水浴びで身体を冷やしたあとは、十分に日を浴びて体温を上げておく必要がある。

夕方に水浴びをさせるなとドルトが言った理由はそれだ。

そこまで説明はしたが、兵たちは「汚いおっさん」の言うことなど聞くはずもない。

「ったく、このままじゃ日が落ちちまうぜ」

最後尾、特に足取りの重い竜に乗っていた新兵は舌打ちをする。

早く帰って酒を呷《あお》りたいのに、このままでは酒にありつけないかもしれない。

新兵は苛立《いらだ》ちを抑えきれず、竜の腹を思いきり蹴《け》った。

「何やってんだウスノロが。早く走れってんだ！」

本来は横足で蹴るところを踵《かかと》の、尖《とが》った部分で、である。

竜の皮膚は分厚いが、その一撃は丁度柔らかい部分を貫き、そこから血がじわりと滲《にじ》む。

竜の目に、怒りの色が灯《とも》った。

「グゥルルル……」

「あ⁉　なんか文句あるのか⁉　トカゲ風情が」

竜は人語を解する。

完全ではないが、兵の感情を察する程度は容易《たやす》い。

この新兵が自分を馬鹿にしている事、自分を顧みぬ態度を取っている事。

それくらいは、ゆうに理解できた。

故に、竜は吠える。

「グォォォォォ‼」

「うわぁぁぁぁっ⁉」

竜は大きく身体を持ち上げて、新兵を振り落とした。

突然の暴走に慌てる新兵。だが突然なのは彼にとってであって、竜が怒る理由は十分にあった。

のこぎりのような歯をギリギリと鳴らし、燃えるような怒りを隠そうともしない竜に見下ろされ、新兵は震えあがった。

そして自分の行いを悔いたのだが……すべては遅かった。

竜の、自分の身体程もある強靭《きょうじん》な脚が、新兵の身体を踏みつけた。

「あぎゃあああああああッ⁉」

全身の骨が砕かれる感触。

「がっ！　ぐはっ！　ごぼっ⁉」

それが、何度も繰り返された。悲鳴は次第に小さくなり、反応もなくなっていった。

動かなくなった新兵を一瞥《いちべつ》すると、竜はそのまま彼方へと走り去って行く。

新兵の悲鳴に気付いた他の兵たちが戻ってきた時には、新兵の死体と竜の足跡だけが残っていた。

「おい！　竜が逃げたぞ！　追え追え！」

「新兵が逃したんだ！　踏まれて死んでる！」

「団長に知られたら大目玉だぞ！」

兵たちは大騒ぎしながら、数名で竜を追い始める。

だが既に辺りは暗闇。とてもではないが探せる状況ではなかった。

竜騎士団は血眼《ちまなこ》になって逃げた竜を探したが、結局見つかる事はなかった。

竜一頭、兵一人を失い、部隊長は大目玉。

当然酒盛りなど言語道断であった。

◆

「申し訳ありません。王、訓練中に竜一頭が逃げ出し、兵一人がその際踏《ふ》み潰《つぶ》されたようです」

事件の数日後、ガルンモッサ竜騎士団長は王に報告へと参じた。

短く切り揃えられた灰色の髪には、苦労の証《あかし》か白いものが何本か混じっていた。

背も高く、全身も鍛えられ、黒塗りの鎧には歴戦の傷跡が幾つも刻まれていた。

団長の言葉に王は、つまらなそうに返す。

「ふん、全く仕方のない奴らじゃのう。先日解雇したあのなんとかという中年竜師ですら扱えておったのに」

あの中年竜師だからこそ、ですがと報告に来た団長は内心呟《つぶや》く。

竜師ドルトは平民の出ゆえ皆から軽んじられてはいたが、その腕前は確かなものである。

ドルトの事を高く買っていた団長は彼の解雇を何度も反対したが、結局それは覆る事はなかった。

「そういえば先日もミレーナ王女の従者の竜が暴れておったのう。謝りに来た王女の顔を立て許してやったが……全く、反抗的な竜はすべて処分した方がいいのではないか？」

「流石にそういうわけには……竜は高価ですし」

「ふん、金なら幾らでもあるわ。ないなら誰かまた役立たずを解雇すればよい。ぐふふ」

「……は」

ミレーナを呼び出す口実が出来たのが嬉《うれ》しいのか　ガルンモッサ王はニヤニヤと笑うのだった。

◆

一方ミレーナは、ドルトと共にアルトレオへと向かっていた。

飛竜には鞍《くら》が二つ付いており、前にはミレーナが、後ろにはドルトが座っていた。

「いいわよ！　エメリア！　もっと速く！」

「クルーーーウ！」

ミレーナの命令で、飛竜《エメリア》は大きく翼をはばたかせた。

山と山の間を目がけ、真《ま》っ直《す》ぐに向かっていく。

「クルルゥウゥーーー！」

ばふん、と空気の壁を破る音がした。

同時にぐんぐんと速度は上がり、あっという間に飛竜の飛行速度は倍近くになった。

気流に乗ったのだ。飛竜は翼を折りたたむと、矢のような速度で飛ぶ。

「きゃーーーっ！　きもちいーーーっ！」

ミレーナは歓声を上げながら、前傾姿勢になり飛竜を操る。

右へ、左へ、より風の強い方へと重心を移動させ、速度を上げ続ける。

しかもまだ余裕があるのか、時折ぐるんと空中で一回転した。

ドルトの顔には少し引きつった笑みが浮かんでいた。

「す、少し速くないですか？　ミレーナ様……」

「え？　そんな事ないですよ！　普通です。普通！」

「そ、そうですか……」

飛竜にはあまり乗った事がないドルトだが、この速度が異常なのは明らかだった。

ベルトをしていても吹き飛ばされそうな速度である。

これ以上はしんどいと思ったドルトは、休憩を申し出た。

「み、ミレーナ様、もう少し行けば川がありますので、そこで飛竜を休ませましょう」

「え？　うーん……そうですね！　わかりました！」

そう言うと、ミレーナは飛竜に手綱を打ち付ける。

飛竜は一声鳴くと、翼を広げ徐々に高度を下げていった。

遠くには確かに川が見えて来ていた。

「あそこですね！　降りなさい。エメリア」

「クルーゥ！」

ミレーナが命じると、エメリアは速度を落とし降下を始める。

ゆっくりと翼を折りたたみながら、飛竜は地面に降り立った。

「ありがとう、エメリア」

「クルル」

飛竜の疲れを労《ねぎら》うように、ミレーナはその首を撫《な》でる。

地面に降りたドルトは揺れる三半規管が回復するのを待ってミレーナに声をかけた。

「見事なものですミレーナ様。降下の際にも殆《ほとん》ど振動がありませんでしたし、それに速度もなんと

言うか……尋常ではありませんでしたね。流石は竜姫と言ったところですか？」

「お、お恥ずかしい限りです……」

ドルトの言葉に、ミレーナはいきなり顔を赤らめた。

もじもじと両手の人差し指を合わせ、顔を伏せる。

先ほどまでの雰囲気が嘘《うそ》のようだった。

「……ミレーナ様？」

「いえその、飛竜を思い切り飛ばすのはとても気持ちよくて……つい性格がその、ちょっと変わってしまうので……」

「な、なるほど……」

実際、竜に乗ると性格が変わる人は多い。

特にミレーナのような、王女としての立ち振る舞いを求められるタイプだと羽目を外してしまうものかとドルトは思った。

「もしかして、それであの二人を置いて来たんですか？」

「……セーラとローラですか？　いえ、セーラは竜の怪我《けが》をドルト殿に窘められて、反省の為に歩いて帰ると言い出したんですよ。それで一人だと危ないから、ローラもついていかせました」

「そうなんですか。しかしミレーナ様はよいのですか？　護衛なのでしょう？」

「構いませんよ。護衛は街の中だけですし、それに飛竜を遠慮なく飛ばせますしね！」

「それはそうかもしれませんが……ミレーナ様と私が二人きりというのはまずいんじゃ」

ドルトの言葉にミレーナはハッとなる。

俯《うつむ》き、顔を赤らめ、そしてもごもごと口を動かした。

「べ、別に私はその……全然、かまわない、です……」

たどたどしく言葉を紡ぐミレーナ。

流石に王女と二人きり、などといった状況はあまり褒められたものではないだろう。

だが本人がそう言うのなら構わないか、とドルトは安堵《あんど》した。

「そうですか？　ならいいのですが……はは、ミレーナ様は随分と私の事を信用されているのですね。光栄です」

「……むぅ。そういう事にしておきます」

少し、頬を膨らませるミレーナを見て、ドルトは失礼をしてしまったかと冷や汗をかく。

「ええと、ミレーナ様？」

「……」

だが、そんなドルトの言葉にもミレーナは眉《まゆ》を顰《ひそ》める。

なんだかとても不満そうな顔だ。

また無礼を言ってしまったかとひやひやするドルトに、ミレーナは言った。

「その、ミレーナ様というのは……やめて……えと、その……ミレーナと……」

何だかごにょごにょと口を動かしていた。

次第に言葉は消え入るように小さくなり、顔も真っ赤になっていく。

最後の方は口をパクパクと動かすのみだった。

「えーと、ミレーナ様？」

「いえ、なんでもありません！　えぇ、えぇ本当に！」

いきなりはっきりとそう言った。

何かに怒っているかのような言い方に、ドルトはまたまた首を傾《かし》げるのだった。

「では、私は飛竜を水浴びさせてきますね。丁度いい天気ですし。すぐに乾くでしょう。ミレーナ様は休んでいてください。長く飛んでいたし、疲れたでしょう」

「わかりました。では私も水浴びをしようかしらね……なーんて」

ちら、とミレーナはドルトを見て言った。

竜の操縦は意外と体力を使うものだ。

汗を流したいのだろうと思ったドルトは、ニッコリと笑って返す。

「あ、はい。いいんじゃないですか？　私は飛竜を洗ってますし」

「のぞいたりしたらダメですよ！」

何を当然のことを言っているのかと思いながら、ドルトは冗談めかして返す。

「はは、のぞきませんとも」

だがミレーナは何か言いたそうな顔をしていた。

ははぁ、多分からかって言ったのだなとドルトは思った。

王女様と言えど、おちゃめなところもあるのだなと好感を覚えた。

そんなドルトを見て、ミレーナはぎこちない動作で川へと向かう。

「じ、じゃあ向こうで水浴びしてくるので！　絶対のぞかないで下さいね！　何か危険なハプニングが起きてもですよ！」

「この辺りには何も出やしませんよ。ミレーナ様も知っておいでては？」

「し、知ってますぅー！　言ってみただけですぅー！」

そう捨て台詞《ぜりふ》を残し、ミレーナは岩陰に入っていった。

時折岩陰から顔をのぞかせてドルトの方を確認してくる。

本当に覗《のぞ》かないか、心配しているのだろう。

ドルトはため息を吐いて、飛竜を連れてミレーナから少し離れた。

◆

（あぁもう、ドルト殿！　本当にこちらを見ようとしないんですね！）

着替えながらもちらちらとドルトの方を見ていたミレーナだったが、ドルトは言葉の通りこちらをちらりとも見ようとしない。

飛竜を連れて離れて、身体《からだ》を洗っていた。

これではむしろ自分の方が覗いている、という状況だった。

ミレーナはがっくりと肩を落としながらも、ちゃぷんと川に身を沈める。

（はぁ、ちょっと私、しっかりしなさい）

ぱしゃりと水で顔を洗うと少しだけ平静さを取り戻す。

さっきから自分がおかしいのは気づいていた。

先刻からドルト殿の言葉には妙に距離があった。

一国の王女に対して、そう振る舞うのは当然――――とはいえ幼少時代に妹のように可愛《かわい》がられたミレーナは、それが不満だった。

ミレーナ様ではなく、ミレーナとそう呼び捨ててもらいたかった。

もちろんそんなことは言えるはずもない。完全に暴走である。

何とか堪えきった自分を褒めてあげたかった。

そう、私はクール。だから少し落ち着こう。うん、頭を冷やそう。

「……ふー」

深呼吸をすると、頭がすっきりするような気がした。

逆に考えよう。私の憧《あこが》れたドルト殿は、常識をしっかりとわきまえた紳士なのだと。

やはり自分の見る目に間違いはなかったのだと、そう思うことにした時である。

――――がさりと、草むらが揺れた。

(何か、いる……⁉)

あの揺れ具合……どうやら草むらの中に大型の獣がいるようだ。

話の流れとはいえこんな所で裸になってしまった自分の愚かさを呪う。

一国の王女とは思えぬ、不用心過ぎる行為だった。

草むらから離れ、ドルトに声をかける。

「ドルト殿！　何かがいます！」

「ミレーナ様⁉」

ドルトが駆け寄ってくる音が聞こえてくる。

これはまずい。裸を見られてしまうかもしれない。

いやいやしかし？　これは不可抗力ですので？

少々は仕方ない事ですよね？

もしかしたら二人の関係が少し親密になる、恋のスパイス的なものになるかもしれませんが構いませんね？

具体的には呼び方がミレーナと呼び捨てになったりとか？

ぐるぐるとミレーナの脳内で様々な単語が巡り、そして――

「……きゃーん」

一瞬のうちに大量の負荷がかかり、ミレーナの脳がショートを起こした。

ドルトが駆けつけた時にはミレーナは気を失い、川の中へと没していた。

冷静になったと思っていたミレーナだったが、全くそんなことはなかったのである。

◆

「エメリア、ご主人様を掬《すく》い上《あ》げろ！」

「ガウア！」

ドルトに命じられ、飛竜は裸のミレーナを咥《くわ》えて少し離れる。

飛竜に抱えられた何故か幸せそうな顔をしたミレーナを振り向きもせず、ドルトは草むらの前に立ちふさがる。

「む……この足音……」

どこかで聞いたような聞かなかったような。

ガサガサと草むらをかき分け、出て来たのは一頭の陸竜だった。

「グルルル……」

その陸竜にドルトは見覚えがあった。

少し欠けた右牙《きば》、癖のある動きの為、やや肥大した両腕。

ガルンモッサ竜騎士団の中でも特にドルトに懐いていた竜である。

嬉《うれ》しい再会に、ドルトは竜を抱き寄せ首を撫でた。

「お前26号じゃないか！　どうしたんだよこんなところで！」

「グルォォォォ!!」

26号と呼ばれた竜は、嬉しそうにドルトに首を絡ませた。

ドルトもそれに応えるように、ばしばしと叩《たた》く。

「久しぶりだな。元気してたか？」

「グルルル……」

26号は低く唸《うな》り声を上げると、ドルトをじっと見た。

足元が少し濡《ぬ》れているにもかかわらず、背中は完全に乾いていた。

日光浴をしている最中だったのだろう。

更に横っ腹には傷がついている。

ドルトはふむと頷《うなず》くと、何か思いついたように人差し指を立てた。

「……あ、お前もしかして、訓練の帰り、水浴びで身体が乾き切ってないのに帰りを急《せ》かされて、暴れて逃げ出したんじゃないか？」

もしかしてどころかピタリ正解であった。

26号は申し訳なさそうにドルトを見る。

「ギュゥゥ……」

「ったくあいつら、あれ程夕方には水浴びさせるなって言ったのによ」

ドルトは参ったなといった具合に腕を組む。

（多分……いや、確実に26号は人を傷つけている。下手をしたら殺しているかもしれない）

26号はドルトにはよく懐いていたが、逆に他の者にはあまり懐かず、乱雑に扱われるとよく吠《ほ》えていた。

そんな時はドルトは宥《なだ》めたものであるが……騎士団に入るような貴族階級の者を傷つけた竜は、基本的には処刑されてしまう。

それは仕方ない。幾ら竜だからと言って、人を殺せば罪は罪。罰は必要である。

とはいえ今回に関しては乗り手に原因があるわけだし、それは少し可哀想《かわいそう》に思えた。

恐らくもう捜索隊は出ている頃だろう。

26号は遠からず捕まり、殺されてしまう。

「キュー……」

「……んー、あまり気は進まんがなぁ」

悲しげに鳴く26号を見て、ドルトは考え込むのだった。

「ミレーナ様、よろしいですか」

「んにゃ……」

寝ぼけたようなミレーナの声が聞こえて来る。

次いで、むくりと起き上がる音も。

どうやら大したことはなさそうで、ドルトは安堵した。

「きゃあああああっ⁉　な、何で私、裸に⁉　一体何が⁉」

「落ち着いてくださいミレーナ様」

諭すようにドルトが言う。

その視線の先は、飛竜であった。

飛竜はミレーナを離れた場所に運ぶと、その大きな翼で覆い隠したのだ。

ミレーナは現状を把握したのか、落ち着きを取り戻したようだった。

「すぐに動いてくれましたよ。主人思いのいい竜ですね」

「……どうも」

「クゥゥー！」

飛竜は器用に咥えていた衣服を、翼の中にいるミレーナへと渡した。

翼の中で、するすると衣擦れの音が響く。

しばらくして翼のカーテンが開き、ミレーナが咳払《せきばら》いをしながら姿を見せた。

「ごほん……取り乱してしまい、大変失礼しました」

「お気になさらず」

ドルトの横には先刻ミレーナが見た、竜がいた。

「その竜、ドルト殿に懐いているようですが……」

「ええ、こいつガルンモッサから逃げてきたみたいですね」

「お返しするのですか？」

「いえ、どうやらその際に暴れたらしくてね。処刑されるかもしれないので、出来ればアルトレオにまで逃がしてやりたい」

そう言って竜の首を撫《な》でるドルトを見て、ミレーナは目を細めた。

「ドルト殿はお優しいのですね……わかりました。構いませんよ」

「途中までついて来させるだけで大丈夫です。あとは野良に放しましょう。こいつは元々、アルトレオ出身ですしね」

「わかりました。二人だけの秘密、ですね？」

「すみません。ありがとうございます」

「いえいえ♪　ふふっ」

嬉しそうに満面の笑みを浮かべるミレーナを見て、ドルトはやはり首を傾げるのだった。

◆

「そうだ、ミレーナ様。帰りは私に飛竜を操縦させてもらえませんか？」

「エメリアをですか？」

「ええ、26号を先導して飛ばねばなりませんし、ゆっくり飛ぶとなるとミレーナ様もつらいかなと。もちろんよろしければですが」

ドルトの言わんとしている事を察したミレーナはふむと頷く。

「わかりました。でもエメリアが手綱を握らせるかどうかは……」

「それじゃあよろしくな。エメリア」

「クルゥ！」

言いかけたミレーナの横で、すでにドルトはエメリアに乗っていた。

それを見てミレーナは、ぱちくりと目を丸くした。

「ミレーナ様、早く乗ってください」

「あ、はい」

ミレーナは言われるがまま、飛竜の背に乗り込むのだった。

再び飛竜を飛び立たせ、空を行くミレーナとドルト。

そのすぐ下を26号が続く。

時折口笛を鳴らし、ドルトが指示を出すその通りに26号は大人しくついてきていた。

「口笛だけでここまで竜を操れるとは……よほどよく慣れていたのですね」

「26号は甘えん坊ですので。小さい頃からよく私の後ろをついて来ていました」

「まぁ、可愛らしいことですね」

「あのサイズですので、じゃれてこられると下手したら大怪我《けが》をしてしまいますよ。もしかしたら私を追ってここまでついてきたのかも……」

ドルトが視線を落とすと、丁度26号と目が合った。

慕うような顔の26号に、ミレーナはくすりと笑う。

「それにしても26号なんて、変わった名前を付けておいでですね」

「あぁ。ちょっと管理している竜が多すぎましてね。私以前の竜師は名前つけていたみたいですけど、私はもう番号で呼んでます。兵たちは自分の竜に名前を付けてるみたいですけどね。……全く、お恥ずかしいですよ。ミレーナ様が雇おうとしているのはそんな竜に愛情を注げない男なのですが、大丈夫なのですか？」

そう言って自嘲《じちょう》するドルト。

ミレーナはその問いに、首を振って答える。

「いえ、呼び名などは大した問題ではありません。大層な名前を付けても、面倒も見ずに放置……では愛情を注いでいるとは言えないでしょう？　逆も然りですよ。だからこそ26号はあなたを慕っている」

「そう言っていただけると幸いです」

確かに名づけこそ適当ではあるが、逆に言えば名を付けきれぬ程の竜を世話し、懐かせているわけだ。

ミレーナの言葉を、ドルトはそう解釈することにした。

「それより飛竜の乗り心地はどうでしょうか？　まずい乗り方をしていたらすぐ言って下さいね」

「エメリアは気を良くしているようですので大丈夫だと思いますよ。むしろ私が乗ってる時よりも、落ち着いているかも」

「それはよかった」

「クルーーーゥーーー‼」

心地よさげに鳴く飛竜。

ミレーナは美しい金色の髪をかき上げた。

「……それに、たまにはこうしてのんびり飛ぶのも、いいものですね」

その顔はどこか愁いを帯びていた。

王女たる身の上である。

きっと城へ戻れば飛竜に乗ってのんびりする時間なんて取れないのだろう。

だったら、いい息抜きなのかもしれないとドルトは思った。

そうしていると、地平の彼方に石造りの建物が見えてきた。

ドルトにも見覚えがある城――――アルトレオ城である。

ひゅい、と一際高く口笛を吹くと、26号は進路を変え野山へと走っていく。

「じゃあ達者でな！」

「ガァァァァーーー！」

遠ざかっていく26号をしばらく見送っていたドルト。

姿が見えなくなり、振り返るともう城は目の前にまで近づいていた。

「降りますね」

飛竜は城の屋上、竜の紋章が刻まれた石床の上へと着地した。

「よっと。到着です」

ドルトは飛竜に着陸させる。

音も衝撃もほとんどない着陸に、ミレーナは見惚《みと》れていた。

ミレーナに続き、ドルトは飛竜から降りる。

「それにしても流石ドルト殿です。気難しいエメリアが、こんなにすんなり人を乗せて飛ぶなんて」

「そうですか？　とても頭のいい竜に見えますが」

「人を見るのですよ。王家代々に仕える竜ですから。古くから続く神竜の血を継いでいるとも言われています」

「グァァァァァ！」

ドルトの言葉に、エメリアと呼ばれた飛竜は誇らしげに胸を張った。

「もう、エメリアったら調子に乗らないの。さ、こっちよ」

「クルルル……」

飛竜はミレーナに引かれ、屋上の隅にある小屋へと入っていく。

青い空をバックに、石造りの城がよく映えていた。

「アルトレオ、か。久しぶりだな」

ドルトの呟《つぶや》きは、風に流れて消えていった。

第二章——おっさん、竜師として働く

ミレーナの案内で城を降りていく。

ドルトが以前に訪れた時と変わらず、城内は砦《とりで》の如《ごと》く無骨な作りであった。

「相変わらず見事な城です」

「いえそんな。ガルンモッサの城と比べると、あまりに華やかさに欠けますわ」

「そんなことはありませんよ。まるで竜の鱗《うろこ》のようなゴツゴツしつつも癖になる手触り。丈夫そうで私は好きです」

「気に入ってくださり、とても嬉《うれ》しく思います。……ここですわ」

ドルトの連れて来られたのは城の一階、大きく開けた庭である。

訓練所も兼ねているのだろう。

外では竜騎士たちが、訓練をしていた。

すぐ奥に見える竜舎に、ミレーナは入っていく。

「ケイト、ケイトーっ！」

ミレーナの声に応える声はなし。

竜舎の中は綺麗《きれい》に整頓《せいとん》され、竜たちの状態も良さそうだった。

いい竜舎だとドルトは思った。

「いないんですかね？」

「いえ、恐らく奥にいるはずです……ケイト、入りますよ」

ミレーナは奥へ進んでいくと、竜舎の中にある木造部屋の扉を開けた。

小屋の中、ベッドの上では何かが布団にくるまっていた。

「ケイト！」

「ほげ……？」

ミレーナの呼び声に、ようやく呆《ほう》けた声が返ってきた。

布団はもごもごと蠢《うごめ》いたあと、ひょっこりと人の頭を覗《のぞ》かせた。

そしてベッドの上をまさぐると、枕元のメガネを手に取る。

ダボシャツにボサ髪、目も見えぬ程の分厚い瓶底メガネ。

子熊を思わせるようなだるんとした格好だが、どうやら女子のようである。

「えーとえーと……なんなんだったっけ……」

寝起きが悪いのか、子熊女子はぼんやりとした頭をぺちぺちと叩《たた》き、目を覚まそうとしている。

しばらくするとミレーナに気づいたのか、ゆったりとした動作で服装を直した。

「おおー、これはお見苦しい姿をお見せしちゃってすみませんー。ミレーナ様」

「よいですケイト。日々ご苦労様です。楽にしてくれていいですよ」

「そう言って頂けると恐悦至極にございまするー……ところでそちらの方は？」

ケイトと呼ばれた女はようやくドルトの存在に気づいたようだ。

ドルトは一歩前に出て頭を下げる。

「ドルト＝イェーガーです。竜師としてお招き頂きました」

「おおー！　あなたがあの噂《うわさ》のドルト殿でしたかー！」

「俺の事をご存知なのです？」

「何を仰《おつしや》いますやら！　大陸に名を轟《とどろ》かせる竜師だと聞いておりますよー！　ね、ミレーナ様！」

「えっ⁉」

突然話を振られてどきりとしたのか、ミレーナは思わず咳《せ》き込んだ。

「えー……その……お、おほん！　その通りですとも。ドルト殿の名は大陸中に広まっておいでです。いつも城に篭《こも》っていたから知らなかったでしょうけれど」

「そんなもんかなぁ」

思い返せばドルトは団長にそこそこ評価されていた。

その関係で広まったのかも、と考える事にした。

「それよりケイト、ドルト殿に自己紹介をしなさい」

「おおっ！　そうでしたー！　私はケイト＝フォージです。この国で竜師をやっています。どぞよろしくー」

そう言ってケイトはぺこりと頭を下げる。

勢いよく敬礼をすると、作業服の下で豊かな胸が揺れた。

「ケイトは最年少で城に勤めるようになった、優秀な竜師なのですよ。まぁ最年少と言っても
——わっぷ」

「おおっとミレーナ様⁉　年齢の話はＮＧですよー⁉」

ミレーナが言いかけたのを、ケイトが慌てて止める。

一体何歳なのだろうとドルトは思った。

「ミレーナ様！　こちらにいらっしゃったのですね！」

突然、扉が開いてメイドたちが押し入ってきた。

数人のメイドたちはあっという間にミレーナを囲うと、口々に、慌ただしく声を上げる。

「ミレーナ様、帰られたらまずは報告をしていただかないと！」

「ミレーナ様、公爵貴族の各々から書状がきております！　お勉強もいっぱいありますよ！」

「ミレーナ様、とにかくこちらへ！」

メイドたちにぐいぐいと押され、ミレーナは二人から離されてしまう。

ドルトとケイトはその様子をただ見ている事しかできない。

「ち、ちょっとお待ちなさいな。あなたたち!?」

「いいえ待てません！　ミレーナ様は忙しいのですから。さ、早く」

メイドたちはミレーナの両腕を掴《つか》むと、引きずるようにして竜舎を後にする。

「ケイトーっ！　ドルト殿を頼みましたよーっ！」

そうして何とか最後に声を上げ、ミレーナは竜舎の外へと連れ去られていった。

「ミレーナ様……やはり忙しいんですね」

「だねー。あの人は王女様なのに色々やりたがるからー。竜舎にもよく来るし、色々勉強もしてるみたいよー？」

「何だか王女様っぽくないなぁ。王女様って言ったらお城で引き籠ってるイメージだが」

「まぁそのおかげで、みんなからは慕われてるみたいだけどね」

「……それはなんとなくわかる」

ミレーナを見送りながら、ドルトはくすりと笑った。

王女でありながら、どこか放っておけないような……そんな親しみやすさがミレーナにはある。

ケイトもそうだし、城の者たちも生き生きとしている様子だった。

なんとなく来たアルトレオであるが、ミレーナの元でなら自分もそうなれるかも……とドルトは思った。

「じー……」

ケイトだ。そう口で言いながら、ドルトを見つめていた。

「えーと……どうかしましたか？」

「いやぁ、普通のおっさんにしか見えないなーと」

歯に衣着《きぬ》せぬ物言いに、ドルトは思わず笑ってしまった。

「いきなり距離詰めてきますね。ケイトさん？」

「ケイトでいいよー。堅苦しいのは好きでないし、歳《とし》も同じくらいでしょう？　お互い敬語はやめようー」

「えっ⁉　同じくらいの歳なのか？　とてもそうは見えないが……」

まじまじとケイトを見つめるドルト。

その年齢は二十そこそこ位にしか見えなかった。

ケイトはふふふと怪しげに笑う。

「……何歳なんだ？」

「こらこら、女子に年齢を聞くものではないよ？　ドルトくん」

「うむぅ……まぁ。じゃあよろしく。ケイト」

ドルトは訝《いぶか》しみながらも、差し出されたケイトの手を握るのだった。

「とりあえず仕事の話をしようかな。何から聞きたいー？」

ケイトはぼさぼさになった髪を後ろで括《くく》りながら、ドルトに語り掛ける。

「勤務時間はどうなってるんだ？　随分遅くまで仕事をしていたみたいだが……」

深刻そうな顔で尋ねるドルト。

ガルンモッサ時代、殆《ほとん》ど常駐で朝早くから夜遅くまで働かされたのを思い出していた。

ケイトも昼まで寝ていたという事は、それこそ朝まで働かされたのではないか、と。

「あっはっはー！　いやいや、そうではないよ！」

ぱちくりと目を丸くしたケイトだったが、突然大笑いした。

どうしたことかと驚くドルトに、ケイトは説明をする。

「アルトレオの仕事《う ち》時間は普通に朝から夕方までよ。でも私は竜好きだから、ついつい夜遅くまで残っちゃってね。気づけば朝だったりとか、よくあるのよねぇ。それでミレーナ様から竜舎に小屋を作ってもらって、そこで寝泊まりしてるわけさー。てへぺろ」

可愛《かわい》らしく舌を出すケイトに、ドルトは疑惑の視線を送る。

「朝から夕方まで、だと……そんなに短い時間でいいのか？」

「まぁ城で飼ってる竜は少ないしね。竜の世話は騎士団の人たちも手伝ってくれるし、ドルトくんほどの実力者なら朝から昼まで仕事すれば一日の仕事終わるんじゃない？」

「にわかには信じられない話だな……」

ガルンモッサでは餌の発注から搬入、掃除に餌やり、当然の如く竜の世話まで、もちろん竜騎士団の者が手伝ってくれるはずもなく、全てドルト一人の仕事だった。

早朝から深夜までやっても終わらず、次の日は寝不足でまた同じ作業。

その頃からは考えられない待遇に、ドルトは未《いま》だ信じられないと言った顔だった。

そんなドルトの肩をケイトが叩く。

「まぁまぁ、その辺はおいおいわかってくるよ。さて取《と》り敢《あ》えずどうするかね？　ドルトくん。今日は私の仕事を見て回る？」

「そうだな。何かあれば手伝うよ」

「おっけーそれじゃあまずは餌やりいってみよー。ドルトくんバケツ持って持って」

「はいよ」

バケツを投げ渡されたドルトは、ケイトについていく。

「ちなみに餌は何を？」

「乾草《ほしくさ》をメインに、あとは豆、キャベツニンジンかぼちゃとか、肉もついでにーって感じかな」

「おー、結構いいもの食べさせてんだ？」

「ミレーナ様が竜をお好きだからねー。結構資金はもらえています。えぇ」

「なるほどなぁ。うちはあまり金貰《もら》ってないから殆ど乾草。たまに肉屋で貰ったくず肉をやってるくらいだな」

「えー⁉　お野菜なしで大きくなるのー⁉」

「なるなる。野生の竜とかは草食寄りの雑食だし、それ以外は大抵虫や小動物が主食だからな。栄養価とかそんなに気にしなくていいよ。むしろ少々偏食させた方が楽に育てられるくらいさ」

「わーきびしー」

「効率化と言って欲しいところだ。まぁそっちのやり方に従うさ」

「じゃあそうしてもらいましょうかねー」

連れていかれた先は食糧庫。

中には乾草がたんまり積まれており、その脇には野菜や果物、乾燥肉が箱で置かれていた。

「じゃーバケツの中に餌を一杯入れてね。描かれてる通りにね」

「なるほど、了解。これはケイトが？」

「そ、手書きなの。上手《うま》いでしょー」

バケツには人参やらキャベツやらの絵が描かれており、ドルトはその通りに餌を入れた。

乾草は台車に山と積まれており、それをバケツに入れて運ぶ。

運んだ先は竜舎の奥、そこには陸竜がずらりと並んでいた。

「おーい、餌だよー」

「グルルォォ！」「ガァァァァ！」

ケイトの声で餌の時間を察したのか、竜の鳴き声が鳴り響く。

ぎゃうぎゃうと騒ぐ竜にケイトはてきぱきと餌を用意していく。

まずは乾草を一束。その上に野菜と干し肉を幾つか吊《つ》るす。

「おんなじ要領でよろしくー」

「あいよ。じゃあ俺は乾草をやるぜ」

台車を押しながらばっさばっさと竜の前に乾草を積んでいくドルト。

ケイトは野菜と干し肉を吊り下げていった。

それが半分ほど終わった時である。

ケイトがドルトをじっと見ていた。

「ん？　どうかしたのか？　ケイト」

「いやぁ、竜の食べる量がわかっているかのような餌のやり方をするなぁと思って」

ケイトの言う通り、ドルトは竜の食事量に合わせて乾草をやっていた。

それを不思議に思ったようだった。

「もしかして、食べる竜とそうでない竜がわかるのかな？」

「あぁ、身体《からだ》つきを見れば大体。健康的な身体をしてる奴は単純に大食いなんだよ。偏食な奴は痩《や》せすぎか悪い太り方をしているか……数匹いるから注意した方がいいな」

「えぇ〜……見ただけでわかっちゃう？　私には全然わかんないんだけどなぁ」

「はは、団長にも言われたよ。ずっと世話してたら嫌でもわかるよ」

「うーん、私もそれなりに長いんだけどなー。……もしかして、この子たちの区別が全部ついてたりする？」

「まぁな。てか全然違うだろ？　こいつとこいつなんて、ケイトとミレーナ様くらい違うぞ」

そう言ってドルトが指さしたのは、どう見ても同じ竜であった。

「うひー、流石《さすが》伝説の竜師！　一目見ただけで見分けがつくなんて、どんだけ竜ラブなのよーっ！」

「いや、伝説の竜師ではないぞ」

「いやいや、伝説の竜師ですともよ！　それが嫌ならドラゴンマニア！」

すごく楽しそうに、ケイトはドルトの背中をバシバシと叩《たた》く。

「おお？　何だよケイト？　妙に嬉《うれ》しそうだけどさ」

「いやぁ、竜トークが出来る相手がいなくてさぁ。ドルトくんみたいなマニア仲間が欲しかったのよー」

「俺は別に竜マニアってわけじゃないけどなぁ……」

「何をおっしゃるウサギさん、完全なるマニアですよ？　自覚しなよ」

「ひでぇ」

ドルトの言葉を笑い飛ばしながら、ケイトはメガネをくいっと上げた。

瓶底メガネがきらんと光る。

「仕事終わったら一杯どうよー？　私、すっごい語りたい気分！　……ちなみにドルトくんのオゴリで♪」

「そこは先輩が奢《おご》っとけよな……まぁいいけどさ」

「よっしゃー決まりー！　いい店知ってるんよー」

そんなこんなで二人はその日仕事を終え、城下町へと繰り出した。

仕事はケイトの言う通り、夕方くらいで終わった。

竜舎の掃除や餌の買い付けはケイト以外の者が行っているため、竜の面倒を見るだけでいいのだ。

これなら確かに、半日もあれば仕事は終わるとドルトは思った。

「いやぁ、いい職場だな。ここは」

「でしょー！　竜も可愛いしねー」

酒場でケイトとドルトは大いに盛り上がり、その日は朝まで語り明かしたのである。

――――朝日が昇り、ふらつきながらも二人は竜舎へと戻った。

「……ちと、飲みすぎたな……」

「だねー……でも楽しかったよー」

「俺もだよ。ケイトって本当に竜が好きなんだな」

「いやいやドルトくんこそー」

「俺は……そんな事ないけどな」

「はいはい、そういうのいいから」

小屋へと戻ると、ケイトはベッドにダイブした。

「ごみん、ちょっと寝かして……昼からは私が出るからさ」

「あいよ。任せときな」

「よろ……しく……がくっ」

ケイトはそう言い残すと、すやすやと寝息を立て始めた。

ドルトとて眠いが、一応女性であるケイトに起きていろとはとても言えない。

「さーて、やるとするかぁ……ふぁぁ」

太陽が燦々《さんさん》と降り注ぎ、眠い頭を無理やり覚まそうとしているかのようだ。

大あくびしながら、ドルトは竜の世話を始めるのだった。

◆

ケイトが起きてきたのかと思いきや、入ってきたのはミレーナだった。

そんな事を考えていると、不意に竜舎の扉が開いた。

流石に眠いがそろそろ交代の時間だ。

午前中の餌やりは大体終わっていた。

ざくりと、乾草を運ぶためのフォークを地面に突き刺し、ドルトは大あくびをした。

「ふう、こんなもんかな。くぁぁ……」


「お疲れ様です。ドルト殿」

「ミレーナ様！　いいのですかこんなところに来て。昨日はずいぶん忙しそうでしたが……」

「……昨日はお見苦しいところをお見せしました」

こほんと咳払《せきばら》いをするミレーナ。

ドルトがその手荷物に視線を落とすと、経済のなんとか、と書かれた本が入っていた。

「やはり王女ともなると、勉強熱心ですね。難しい本をお持ちで」

「理解しがいのある本です。空いた時間に読もうと持ち歩いているのです。……そ、それよりドルト殿」

やや照れくさそうにミレーナは、本を外へ取り出す。

すると手荷物の中から、弁当と水筒が現れた。

「……お水とお弁当をお持ちしたのですが。是非ドルト殿に食べていただきたいと思いまして、その……」

「それはありがたい！　丁度喉《のど》が渇いていたんですよ！　頂いてもよろしいですか？」

「もちろんですとも！」

ドルトの言葉に、ミレーナは嬉しそうに頷《うなず》いた。

ドルトは腰を下ろし、ミレーナから受け取った弁当箱を開けた。

そのすぐ横にミレーナも座る。

弁当の中にはサンドイッチとポテトサラダ、鶏肉《とりにく》を揚げたものが入っていた。

「おお、これは美味《おい》しそうですね」

「さっきお料理の授業で作ったばかりなんですよ」

「ミレーナ様がですか？」

「ええこれからの時代、王女でも料理の一つくらいはできた方がいいと」

――そう言って教育係を説得したのは当のミレーナ本人である。

今日は学問の授業だったのだが、ミレーナたっての希望で料理に変更されたのだ。

弁当はその成果だった。

「それではいただきます」

手を合わせ、サンドイッチを口に入れようとするドルト。

その様子をミレーナは食い入るようにじっと見ていた。

ドルトは食べにくさを感じながらも食欲には勝てず、サンドイッチを口に入れた。

卵とレタスを挟んだシンプルなものだが、空《す》きっ腹《ぱら》に染み渡る。

噛《か》みしめるようにして味わうドルトに、ミレーナは恐る恐る尋ねる。

「……美味しいですか？」

「むぐむぐ……えぇ、とても！」

ドルトの言葉にミレーナは、心底ほっとした様子で息を吐いた。

「それはよかった。大変よろこばしいです。食後にコーヒーもどうぞ。今日のは一味違いますよ。ふふふ」

なんだか悪戯《いたずら》っぽい顔のミレーナを少し不審がりつつも、ドルトはコーヒーを啜《すす》る。

「いただきます……む」

ドルトが口にしたコーヒーは、どこかで嗅《か》いだことのあるニオイがした。

記憶を辿《たど》るドルトだったが、すぐに答えに辿り着いた。

「……これ、竜のニオイがします」

「まぁ、流石ですドルト殿。これはジョコ・パルクというコーヒーです。コーヒーノキを食べた竜の糞《ふん》から豆を取り出し乾燥させ、焙煎《ばいせん》したものなのです」

「ぶっっっ！」

噴き出すドルトと反対に、ミレーナはジョコ・パルクを上品に飲み干した。

「……い。いろいろなコーヒーをお飲みなのですね……」

「ええ、好きなんです」

「それはしばらくは遠慮したいかな」

「まぁ、美味しいのに」

しばらくドルトはミレーナと談笑しながら、昼食を続ける。

そんな中、小屋の扉が開いた。

「あー！　ドルトくんってば何か食べてるー！　ずるーい」

出てきたのはケイトだ。

気づいたドルトは挨拶《あいさつ》をする。

「いよっ、ケイト。おはよう」

「おはよーん。あらミレーナ様まで。ごきげん麗しゅうです」

「お、おはようケイト？」

ミレーナは困惑しながらも何とか返事をした。

ケイトはドルトのすぐ傍、ミレーナとの間に座る。

「ドルトくん、私お腹《なか》空いたんだよねー。何か食べたいなー」

「ったく物欲しそうな顔しやがって……ミレーナ様、ケイトに弁当あげても構いませんか？」

「はぁ」

気の抜けた返事であった。

意志を感じさせぬ、ただ漏れたような。

だがドルトはその返事をイエスと取った。

「だってよ。よかったな」

「手が汚れてるんだよねー。食べさせて。あーん」

「はいはい、ほらよ」

「んー♪　おいしー♪」

あーんと開けた口の中にサンドイッチを入れて貰《もら》い、ケイトは美味しそうに顔を綻《ほころ》ばせる。

幸せそうなケイトとは反対に、ミレーナの顔は引きつっていた。

よろめきながらも何とかドルトに問う。

「ふ、二人は随分仲良くやっているようですね……?」

「えぇまぁ。ケイトはなんて言うか、取っつきやすい子ですよ。歳も近いし、話しやすいです」

「うんうん、ドルトくんは竜トーク出来るし、とっても絡みやすいんでー。昨日も飲みに行ったら盛り上がっちゃって、つい朝まで一緒だったんですよーあははー」

「あ、朝まで……?」

その言葉を聞いてミレーナはフラリと倒れた。

ドルトは慌てて抱き起こす。

「大丈夫ですか⁉　ミレーナ様⁉」

「うぅ……私の事はミレーナと……ミレーナとぉぉ……」

「ミレーナ様？　ミレーナ様ーっ⁉」

ミレーナの気を失う前の一言が、ドルトには届く事はなかった。

その後、駆けつけたメイドたちによって運ばれたミレーナは、ただの貧血と判断されたのであった。

「……何だか慌ただしいお姫様だな」

「いやぁ、いつもはしっかりした人なのだけれどねぇ」

「調子悪いのかね？」

「かもねぇ」

鈍感な二人はミレーナが気を失った理由に気づくはずもなかった。

◆

「ふぁ……まぁいいや。もう寝る眠い」

「おー、おつかれー……って部屋はあるん？　ないなら今日は私のベッド使ってもいいけどー？」

「いや流石にそれは……」

「ドルト様ですね」

「うおあっ⁉」

突然出てきたメイドに、二人は驚き飛び退《との》く。

いつの間にそこにいたのだろうか。全く気配を感じさせず、メイドは静かに口を開く。

「失礼。私はドルト様の世話を命じられましたメイドです。お部屋の準備は出来ておりますので、こちらへ」

「お、おう……じゃあケイト。あとよろしく」

「うんー。明日の朝までゆっくりお休みー」

ドルトはケイトに別れを告げ、メイドについていく。

長い廊下を歩く間、二人は無言であった。

「えーと……あんたが俺の世話をしてくれるのか？」

「はい、ドルト様専用のメイドです。ご自由にお使いください」

メイドのいやらしい言い方に、ドルトは少し焦った。

「な、何だか悪いな。そこまでしてもらって」

「アルトレオには来たばかりで、まだ不自由が多いでしょう？　気にしないでくださいませ」

「まぁ特にはないと思うけど……ちなみにあんたの事はなんて呼べばいい？」

「メイドと」

「それじゃあ他の人と区別がつかないじゃないか」

「ではメイドAとでも」

「……まぁいいや」

どうしても名前を言うつもりはないようである。

なんだか嫌われているのかもしれないと思い、ドルトはそれ以上何も聞かなかった。

そして城の二階、やたら豪勢な部屋へと通された。

白塗りの壁、天蓋《てんがい》付きのベッド、敷き詰められた絨毯《じゅうたん》、飾られた高価そうな絵……一介の竜師には過ぎた部屋である。

「こちらがドルト様の部屋です」

「おいおい、ちょっと豪華すぎないか？　稼ぎから半分持っていくとかじゃないだろうな」

「特にそういうのはありませんよ。空き部屋があったのでそこを改修しただけですから、遠慮なくご使用ください」

「そう言うならありがたく使わせてもらうけど……」

「食事は朝昼晩と鐘の鳴った時、他に何か用事があれば、こちらの呼び鈴を鳴らせばすぐに参ります。ただし夜伽《よとぎ》は禁止されていますので、それ以外で」

「しねーよ！」

連続の爆弾発言に、ドルトは思わず声を上げる。

メイドAはそれに全く動じることなく、扉を閉めて出て行った。

「……なんか、疲れる人だな」

ドルトは顔だけ洗うと、ふかふかのベッドへと身体《からだ》を沈ませる。

竜舎の藁《わら》でよく寝ていたドルトは、あまりの寝心地の良さに一瞬で意識を奪われるのだった。

◆

「なに？　また竜が逃げ出しただと？」

「最近妙に多いな」

「昔はそういう話は滅多に聞かなかったが」

ドルトの去った数日で、ガルンモッサ竜騎士団の竜は早くも三頭いなくなっていた。

残った竜師たちは首を捻《ひね》るが、原因はわからない。

それもそのはず、彼らは竜師といえど、現場には全く出ることはない文官なのだ。

汚い仕事、力仕事は全てドルト任せ、椅子にふんぞり返り、命令を下すのが仕事なのである。

しかし実際は、逆。

結果的に全ての管理をしているのはドルトで、彼らは言われるがまま資材を手配し、スケジュールを管理し、餌や資材の買い付けを行っていた。

それはドルトが適宜竜の調子を見て行っていたのだが、ドルトのいなくなった今ではその管理は当然まともに行われていない。

何せ彼らは未だ現場に出る事はなく、日がな一日部屋で煙草を燻《くゆ》らしながら、卓上遊戯を楽しんでいた。

今も、である。

ぱちん、と馬を象《かたど》った駒が、城を象った駒を弾《はじ》く。

「おっとこれはやられました」

「ふふふ、待ちませせぬぞ?」

「ならばもう一局」

もう一度駒を並べ直し、彼らはゲームを再開する。

椅子の下に転がった竜の駒に気づくものは誰もいない。

結局、竜が逃げ出す問題は疲弊が問題という事になり、兵たちには竜をよく休ませよと伝えられたのみ。

勿論《もちろん》それで竜の脱走が止《や》むことはなかった。

◆

「ほえー、ずいぶん懐いたもんですなぁ」

呆《あき》れたように言うケイト。

その視線の先には、何匹もの竜を引き連れたドルトの姿。

本日は二人で竜を連れ、散歩中である。

「何か言ったかー？」

「いーえ、べつにー」

ドルトが城に滞在して五日が経《た》った。

いつのまにやらドルトはケイトよりも城の竜について詳しくなっており、その結果多くの竜を懐かせていた。

ドルトはケイトがなんだか不満そうに見ているのに気づき、問う。

「なんだよ？」

「なんでもないっすよん」

「……まぁいいけど。それより今日は走行訓練だっけ」

「せやな。色んな人を乗せる訓練もかねて。違う竜に順に乗っていく……はいよーっ！」

「おい、ちょっと待てって」

「あははー捕まえてごらんなさーい」

そう言ってケイトは竜を走らせ、ドルトもそれを追いかける。

ある程度走らせては止まり、乗る竜を代える。

そうしてしばらく走り、また代える。

交互に繰り返しているうちに泉が見えてきたのでそこで止まった。

「ふぅ、そろそろ休憩にしよっかー」

「あいよ。お前ら適当に泥浴びてきな」

ドルトは草原に寝転がると、竜たちにそう命じる。

竜たちはバシャバシャと泉に入ると、各々泥浴びを始めた。

ケイトはというと、竜たちと共に泉へと入っていく。

「アン、ロア、エメル、デュース、あんたら汚れてるでしょう。洗ったげるからこっちきなさい」

「ギャウギャウ！」

「こ、こらキミは違うでしょ。あーもうアン！　アンタは奥へ行かない！」

悪戦苦闘するケイトを一瞥《いちべつ》し、ドルトは目を瞑《つぶ》る。

しばらく一緒に過ごしてみてわかったが、ドルトとケイトでは決定的に違うところがある。

ドルトは基本的に放任主義。だが逆にケイトはかなり竜にかまう主義なのだ。

基本的にケイトとは気が合うドルトだが、これぱかりはどうしても受け入れがたいものがあった。

竜というのは我がままな生き物だ。

あまり構うと調子に乗るし、扱いにくくなる……とは忠告したドルトであるが、ケイトはそれを受け入れなかった。

自分は世話をしたいから、ドルトくんがやりたくないなら手伝わなくていい、と返されたのである。

先輩《ケイト》にそう言われては反論しようがなく、ドルトはこうしてただ寝そべるだけだった。

しばらくすると、ケイトが泉から上がってくる。

ケイトはびしょ濡《ぬ》れで、ぐったりしていた。

◆

「うーつかれたー。腕いたいー」

「手伝った方がよかったかい？」

「いーえ結構です。私がやりたくてやってるので！」

「なら、いいけど」

意外と頑固なケイトに、ドルトはそれ以上何も言わなかった。

ちなみにドルトが面倒を見ていた竜は勝手に泥浴びをして適当に引き上げさせ、ドルトと一緒に昼寝をしていた。

疲労困憊《こんぱい》のケイトと違い、ドルトはいつでも動ける状態だった。

「じゃ、そろそろ帰るかい？」

「そーだね……はぁ」

しばらく休んだ二人は、竜の身体が乾いたのを確認し城へ戻ることにした。

あたりは夕暮れの森。黒々とした木が立ち並び、不気味な雰囲気を醸し出していた。

竜を引き連れて走るドルトの後を、ケイトが同様についてきていた。

「こらーっ！　寄り道しちゃダメ、エメル！　ロアは前に行かない！　デュースはフラフラせずについてくる！」

――同様、とはいいがたく、悪戦苦闘をしながらなんとかついて来ていた。

ドルトは竜を走らせながら、そんなケイトのことを考えていた。

（ケイトは竜にかまいすぎだ。比較的余裕のあるアルトレオではそれが可能なのだろう。……俺がガルンモッサで働いていた時では考えられないな）

しみじみと以前の事を思い出すドルト。

ケイトがドルトを気に入らない理由も何となく察しがついていた。

（一生懸命やっている自分より、適当にやっている俺の方に竜が懐いているからだろう。気持ちはわからんでもないが、こればかりは性格とか接し方になってくるからなぁ……）

ドルトのやり方はあくまで大量の竜を整然と従える方法だ。

効率のみを優先したやり方。

それがケイトに合っているとも思えないし、真似《まね》させるのは悪手に思えた。

だから敢《あ》えて何も言わないのだが――

「ちょっとデュース――」

瞬間、ケイトの声が不自然に途切れる。

ドルトが振り返ると、竜《アン》に乗っていたケイトが並走する竜《デュース》に手を差し伸べようとして、バランスを崩しかけていた。

その先にある大岩にも気づいてないようだった。

竜はケイトを乗せたまま、大岩に突っ込んでいく。

「ケイト、危ない！」

「ふぇ？」

前を向いたケイトの目前に、大岩が迫っていた。

ドルトは即座に竜を反転させた。

「ケイト！」

「くぅうっ⁉」

避《よ》けようと必死に竜の手綱を引き絞るケイトだが、もはや間に合わず——大岩に激突した。

「ふぎゃーーーーーっ⁉」

「……ッ！」

地面に投げ出されようとしたケイトに、ドルトは手を伸ばす。

竜に首を伸ばさせ、ギリギリまで身体を傾け、すんでのところでケイトを掴《つか》んだ。

ケイトの履いていた長靴が地面に当たり、二つともはるか後方へ飛んでいった。

恐る恐る目を開けるケイトを見て、ドルトは安堵《あんど》の息を吐いた。

「……危ないところだったな？」

「ええまぁはい。走馬燈《そうまとう》が見えてましたわよ」

「無事で何より……とはいえ」

ドルトは視線を後方の、大岩の方へと移す。

大岩に激突した竜は倒れ、右足からは血が出ていた。

「……ッ！　アン！」

先刻までののんびりした様子はどこへやら、血相変えて駆けつけようとするケイト。

ドルトは慌ててその襟首を掴《つか》んだ。

「落ち着け。怪我《けが》してるから興奮している。近づくと危ないぞ」

「で、でも……っ！」

不安そうなケイトの頭に、ドルトはぽんと手を置いた。

くしゃりと撫《な》でると、ケイトの瓶底メガネが半分ずれ落ちた。

「俺が見張ってる。ケイトは一旦《いったん》竜を連れて戻れ。で、救急箱を早急に持って戻ってきてくれるか？」

「う……ごめん、本当にごめんよ……ドルトくん……」

うっすらとケイトの目に涙が浮かんでいるのを、ドルトは気づかないふりをした。

出来るだけ爽《さわ》やかっぽい笑みを浮かべ、ケイトの額を指ではじく。

「ほら、頼んだぜ？　先輩」

「……」

ケイトは涙を袖《そで》で拭《ぬぐ》うと、こくんと頷《うなず》いた。

そして竜を連れ、走り出すのだった。

「ガァァァ……！　ギィイイイ……！」

「さーて、どうしたもんかね」

苦しそうに鳴く竜を遠巻きに見ながら、ドルトは頭を掻《か》く。

手負いの竜は非常に危険で、竜師がもっとも命を落とすタイミングがここだ。

すなわち、対処を誤った時である。

あるいは傷口に薬を塗ろうとして潰《つぶ》され、あるいは欠けた牙《きば》を治療しようとして頭をかみ砕かれ

……

ドルトは竜に細心の注意を払いつつ、距離を詰める。

「とりあえず現状暴れてはいないし、竜の実で宥《なだ》めてみるか」

懐から取り出した竜の実をちぎって投げ、様子を見てみる……が、興味を示す様子はない。

やはり興奮状態にあるようだ。

近づくのは危険だが、手当てが遅れるのも少々まずいと思われた。

竜の出血はかなりひどく、下半身までも血で濡らしている。

「しゃーない。これを使うか」

ドルトがポケットから取り出したのは、注射器である。

麻酔薬だ。これを打てば竜は立ち所に大人しくなる。

ただし、どうやって打つかが最大の問題だ。

至近距離まで近づかなければならないし、その状態で注射が打てる隙も作らねばならない。

どうにか近寄ろうとするドルトの気配を察したのか、竜は首をもちあげて唸《うな》り声を上げた。

完全に警戒しているようで、ドルトはやはりダメかと断念した。

ドルトも危険な状態の竜を治療したことはある。

だがそれは一人ではなく、誰かしらの協力で竜の動きを封じていたから出来たことだ。

暴れる竜相手に一人で近づく程、命知らずではない。

せめてあと一人、手伝いがいれば……そう思ったドルトの視界の隅で、何かが動く。

「ギュー……？」

がさり、と草むらをかき分けて出てきたのは26号であった。

26号はドルトに近づくと、頭を撫でろとばかりにドルトの身体《からだ》に首を巻きつけた。

「26号！　お前ついてきてたのかよ。もしかして、協力してくれるのか？」

そう言ってドルトは26号の頭を撫でた。

26号は心地よさそうに、喉《のど》を鳴らす。

それはドルトの問いに対する肯定だった。

「ギャウウウ……」

「そうかそうか……よし！」

ゴリゴリと26号の頭を撫でながら、ドルトはもしやいけるかも、と考えた。

――26号が、ゆっくり怪我をした竜へと近づいていく。

その傍に、隠れるようにドルトが潜む。

竜はやはり警戒するように唸り声を上げ始めた。

しかし26号は歩みを止めない。

竜は26号を敵とみなし、立ち上がり戦闘態勢を取った。

その両腕からぼたぼたと血が噴き出す。

「グルルル……！」

「ギャウ……！」

完全に竜の注意は26号へ移っていた。

26号と竜は互いに睨《にら》み合《あ》い、円を描くようにぐるりと回る。

竜が戦闘を行う際の、剣士で言うところの間合いの測り合いにも似た行為。

その際、ドルトが大木の裏に隠れた事に、26号に注目していた竜は気づくはずもない。

さらにぐるりと、半回転。

じりじりと、竜は大木に隠れたドルトへと近づいていく。

もう少し……あと少し……ドルトはごくりと喉を鳴らした。

握った注射器の先端から液体が漏れる。

竜の皮膚は分厚く、硬い鱗《うろこ》にも覆われているため非常に狙いにくい。

狙うなら首筋。一番太い血管がある根元である。

機会は一度、失敗は許されない。

ドルトは気配を殺し、竜の後ろに歩み寄る。

竜の注意は完全に26号に移っており、ドルトの存在すら忘れているようだった。

（今――――っ！）

一瞬の呼吸の隙間を縫い、ドルトは竜の背後から狙った箇所へと注射針を打ち込んだ。

液体が押し込まれ、注射器が空になっていく。

竜の体内に入った液体は、血管を通り全身をめぐっていく。

異変を感じた竜が小さく鳴いた。

ドルトは手ごたえを感じていた。

「ガ……ッ⁉」

びくん、と身体を仰《の》け反《ぞ》らせ、竜は手足を数回バタつかせた。

そして倒れる――ドルトを押し潰すように。

「やべ……っ⁉」

注射を刺すのに一生懸命で、逃げる体勢ではないドルトの眼前に、竜の巨体が迫る。

ドルトは咄嗟《とっさ》に口笛を吹いた。

それに呼応するように、猛突進してくる26号。

「ガウッ⁉」

26号は倒れようとする竜と、ドルトの間に入り込んだ。

竜の重さで26号の足元が少し、沈んだ。

その隙にドルトは離れる。

「すまん、助かった26号！　もう大丈夫だ」

「ガァ……ゥ……！」

ずりずりと、身体をずらし26号が離れると、支えをなくした竜は土煙を上げて倒れた。

ドルトは26号に駆け寄り、その身体を撫でてやる。

「いやー、助かったよ。ありがとな。26号」

「ギャウ！」

元気よく鳴く26号を、ドルトはよしよしと撫でるのだった。

◆

「ごめーん、お待たせ！」

しばらくすると、竜に乗ったケイトが帰ってきた。

「おー、やっと帰ってきたかー」

「いやほんと、お待たせです。ダッシュで来たよー」

だいぶ急がせたのか、見れば竜はぜいぜいと息を吐いている。

竜の傷はドルトが袖を破って止血していた。

麻酔が効いており、今は眠っていた。

竜の手当てが既に終わっている事に気づき、ケイトは安堵の息を吐く。

「よかった……アン、無事で」

「まだ応急処置だ。湯を沸かしてくれ。麻酔が効いてるうちに、傷を縫っておきたい」

「わかった！　手伝うよー」

その後、二人は傷の消毒、止血、縫合を行った。

朝が来る頃には竜の傷口はすっかり塞《ふさ》がれ、血も止まっていた。

竜の寝顔は、安らかなものである。

それを見た二人は互いに手を取り合う。

だが体力の限界だったのか、二人とも身体をよろめかせた。

ぐったりと大木に寄りかかるように、寝そべる。

「はぁ、疲れた……」

「ほんとにごめんよ、ドルトくん。私……」

「気にするなよ。失敗は誰にでもあるさ」

ははははと笑うドルトを見て、ケイトは思わず苦笑した。

「……私のやり方、間違ってるのかな。何をやってもドルトくんの方が上手いし、今回だって竜《デュース》を引っ張ろうとしてこんな……」

ケイトの目は少し潤んでいた。

ドルトは前を向いたまま、答える。

「俺はそうは思わないな」

「え？」

「俺は色々と厳しい環境だったから効率を優先して竜を厳しく躾《しつ》けてきたけど、ケイトみたいな竜に愛情をもって接するタイプも必要だと思うぜ？　だってほら、どっちが竜に信頼されるかなんて言うまでもないだろ」

「で、でも殆《ほとん》どの竜がドルトくんの方についていってるし……」

「そうかな？」

ドルトが視線を下ろす。

そこには先刻治療したばかりの竜《アン》がいた。

竜《アン》は、すやすやと寝息を立てながらも――――ケイトに身体を擦り寄せていた。

ドルトではなく、ケイトに。

それを見てケイトの目から、涙が溢《あふ》れる。

「……な？」

「ぁ……アン……っ！　うぅ……もうこの子ってば……っ！」

溢れ流れる涙を拭《ふ》くケイトの隣で、ドルトはしばし星を眺めていた。

ケイトが泣き止んだあと、二人はしばし竜について語った。

こういうやり方がいい！　いやこうだ！　これもいい！　あれもいい！　と。

議論は白熱しつつも、二人の顔には笑顔が絶えなかった。

「ギャーウー！」

そんな二人の間に、ニョロっと首を伸ばしたのは26号だ。

先刻まで必死で治療を行っていたケイトは、ようやく26号の存在を思い出した。

「ドルトくん、そういえばこの竜は？」

「あぁ、ガルンモッサの竜なんだが、勝手について来ちゃってさ。こいつを取り押さえるのに協力して貰《もら》ったんだ。ありがとな、26号」

「ガウ！」

ドルトに身体を擦り付ける26号を見て、ケイトは憤慨した。

「ちょ、何《な》んすかその名前ー⁉　26号て、適当にも程があるでしょー！」

「いやぁ、大量に面倒見てたら名前を憶《おぼ》えられなくて……」

「もっと愛を持って接しよう⁉　大陸一の竜師さんなんでしょう⁉」

「いやぁ、ははは」

ケイトの言葉にドルトは愛想笑いを返すのみだ。

「ったくもー、これだけ竜の事に詳しいのにさ、それはひどいって！　もう、見直した私がばかみたいじゃないの！　ちゃんと名前を付けなさい！」

「えぇ……でも26号は26号だしなぁ……だろ、26号」

「ガウガウ」

頷《うなず》く26号を指さし、ケイトは声を上げた。

「だーもうドルトくん、番号連呼しない！　キミもそんな名前で納得しちゃだめよ！」

「ガゥゥ……」

たじろぐ26号を見て、ドルトはケイトの事をなんだか母親みたいだと思った。

ケイトは何か思いついたように、手を叩《たた》く。

「そうだドルトくん。この子、ウチで飼っちゃおうよ！」

「26号を……か？」

「まだ竜舎には空きがあるし、これだけドルトくんに懐いてるんだからさ。ね、ニロちゃん」

ニロと呼ばれ、きょとんと目を丸くする26号。

その首に、ケイトは手を触れた。

「ガルンモッサからここまで、走って付いてきたんでしょう？　はぁ、もう嫉妬《しっと》するくらい愛されてるのね。全くもう、そんなにドルトくんが好きなの？　ニロちゃん？」

「ギャウッ！」

ケイトの言葉を肯定するように、何度も頷く26号。

そんな26号を見て、ケイトは嬉《うれ》しそうに微笑《ほほえ》む。

「……ニロってなんだよ」

「26号だからニロちゃん、いい名前でしょう？」

ぱちんとウインクをするケイト。

新しい名前を貰い、26号は目をキラキラさせながらドルトを見つめていた。

ドルトはやや考え込んだあと、口を開く。

「しかし……いいのか？　こいつはガルンモッサから脱走してきたんだぞ？　ばれたら問題になるんじゃないか？」

「バレないわよ。ドルトくんの話だと、竜の判別がつくような腕利き竜師さんはいないんでしょう？」

「まぁ……いないな」

「ならいいわよ。というか先輩命令！　はい、ニロちゃんはアルトレオ竜騎士団に入りましたーぱちぱちー」

「ガァーーウーーー！」

ケイトの言葉に、26号は嬉しそうに鳴いた。

そして抱きつくように長い首をドルトに巻き付けた。

「ぐえっ！　く、苦しいぞ26号っ！」

「ガウーガウー！」

「あっはっはー羨《うらや》ましいなぁドルトくんはぁー！」

「いや、見てないで助けろって！」

二人と一頭の騒がしい声が、森に響く。

――その日、アルトレオ竜騎士団に新たな竜が加わった。

第三章――王女様、難題を押し付けられる

「約束の竜二頭、確かにお渡ししました」

「うむ、確かに。いや、相変わらず素晴らしき手際の良さよ。どうじゃ、今度はミレーナ王女の城にも行ってみたいのう」

「そうですね。またいつか、機会があれば」

「おお、本当か⁉　いつじゃ⁉」

「その時はまたご連絡を、はい」

「うむうむ、楽しみにしておるぞ。ぐふふ」

無論、これはただの断り文句。

またいつか、の機会が永遠に訪れぬ事にガルンモッサ王は気づかない。

「それで、次はまた十日後に、四頭ほど頼みたいのじゃが」

「四頭⁉」

思わず声を上げるミレーナ。

慌てて口元に手を当て、こほんと咳払《せきばら》いを一つする。

「……それは少し多くありませんか？　最近は頻度も多いですし」

「いやのう、どうも最近竜がよく逃げるらしくてな。その分の補充なのじゃよ。我が国の良質な鉄を多めにつけるからのう、頼む！」

「……仕方ありませんね。今回だけですよ」

竜はきちんと管理し面倒を見なければ、すぐに暴れ出し、下手をすると逃げてしまう。

竜の管理は竜師の腕の見せ所。

まともな竜師がいなければ、なおの事であろう。

ドルトの有能さを理解せず、手放した報いがこれだ。

おかげで優秀な竜師《ドルト》を手に入れたミレーナだが、それに恩を感じるよりはドルトの事を評価しない事に腹を立てていた。

「はて、何が原因なのかのう。特に変わったことはしておらぬはずだが……何か竜が嫌がる様な訓練でもやらせておるとかだろうかの？」

その言葉にミレーナの細眉《まゆ》がぴくんと上がる。

ガルンモッサ王は竜が逃げ出したそもそもの理由にすら、気付いていないようだった。

自分が辞めさせた竜師の事すら、記憶の彼方《かなた》。

そんなガルンモッサ王への怒りに震えながらも、なんとかミレーナは平静を装っていた。

「……そ、それは不思議、ですね」

「不思議じゃのう！　はっはっは」

能天気なガルンモッサ王をこれ以上見るに堪えず、ミレーナは目を伏せる。

彼の口説き文句を「ええ」「はい」「そのうちに」と、適当に聞き流しているうちに謁見の時間は終わった。

◆

「……困ったことになりました」

城へ帰ったミレーナは、ケイトの前でそう呟《つぶや》く。

どよんと重苦しい雰囲気を漂わせるミレーナに、ケイトは生返事を返した。

「はぁ……どうかしたのですか？　ミレーナ様」

「ねぇケイト、あと十日で竜を四頭、出荷用意出来るかしら？」

「いやぁ、流石《さすが》に無理ですねー」

「……でしょうね。はぁ」

ケイトの言葉に、ミレーナは肩を落とす。

「流石にこう連日では……他所《よそ》のファームからの納品もしばらく予定ありませんし、それに竜の出荷にはある程度調教が必要なのですよ？　もうすぐ親離れの子竜はいますけど、今から調整だと流石に間に合いませんって」

アルトレオでは、国を挙げて竜の育成が行われている。

その手順としては、まず生まれた竜の卵を孵《かえ》し、ある程度育った子竜を街周辺にあるファームに配る。

ファームはある程度竜を育成、調教し、また国へと返す。

そうして出来上がった竜を、他国へと売却したり、国の騎竜とするのだ。

今回の場合、連日の出荷でファームの竜はほぼ売り切っていた。

よって、城内で管理している僅《わず》かな子竜を売るしかないのだが、それには調教の時間が足りない。

つまりは出荷も出来ない、というわけであった。

ミレーナは大きなため息を吐《つ》いた。

「まぁそうですよねぇ。わかりました。先方には断って……」

「いけるんじゃないですか？」

「ドルトくん？」「ドルト殿？」

いつの間に聞いていたのか、ドルトが二人の間に顔を出す。

「ガルンモッサに竜を納めるのはちょっと癪《しゃく》ですがね。四頭でしたっけ。それなら十日で行けると思いますよ」

驚く二人の前で、ドルトの顔は確信に満ちていた。

しかし、流石にミレーナは戸惑っていた。

「いや、流石に、ねぇ？　ケイト？」

本来の管理人であるケイトに尋ねるミレーナ。

だが当のケイトは、あっけらかんと言い放った。

「ほほう、それはマジかな？　ドルトくん。勝算はあると？」

「まぁ多分、いけるとおもう」

「なるほどなーじゃあやってみるかい？」

意外にもケイトは乗り気であった。

ミレーナは思わず問いただす。

「ちょっと、どういうことです？　先ほどは無理だと言っていたではありませんか」

「いやぁドルトくんがいけるっていうならもしかして、いけるのかも？」

「い、いい加減ですね……」

「それだけすごいんすよーなんかもう、ずるくて。やっぱり大陸一の竜師なんだなって」

にははと笑うケイトを見て、ドルトは呆《あき》れ顔になる。

そんなドルトの視線に気づいたかのように、ケイトはにっこり微笑《ほほえ》む。

「……すごいの見せてもらったので！　ねぇドルトくん？」

「はい？　なんか見せたっけか？」

「とぼけちゃってこのこの、にくいねー！」

ケイトはドルトの脇腹を肘《ひじ》でつつく。

それを見てミレーナは、不機嫌そうに頬を膨らませた。

「む……ちょっとケイト。そんな態度、ドルト殿に失礼では？」

「えー？　いつもこんなもんですよー。ね、ドルトくん」

「そうですね。あまり気にしないでください」

顔を見合わせる二人に、ミレーナはますます不機嫌になるのだった。

「も、もういいです！　……それより本当にできるのですね⁉」

「はい。先方にはそうお伝えください」

「わかりました！　ではドルト殿、ケイト、しっかりお願いしますね！　ふん！」

鼻息を荒くして竜舎を出るミレーナを、二人は首を傾《かし》げながら見送るのだった。

「……なぁケイト。俺、何か怒らせるような事、言ったか？」

「いやぁわかんないなー。ミレーナ様、あの日なのかもー？」

「おま、ちょっと下品すぎ……」

「いやーあっはっはー」

ドン引きするドルトと反対に、ケイトは大笑いをした。

しかしすぐに真面目な顔になり、ドルトに尋ねる。

「さてさて、どうするつもりか聞かせてもらおうかな、ドルトくん？　今この城にいるのは未調整の竜が二頭、まだ親離れが出来てない子竜が二頭よ？」

「離れにいる親子だろう？　あれくらいの大きさなら十日もあれば調整は出来ると思う。もちろん、あまり時間がないから頑張らないとだけどな。細かい部分は俺が指示するよ」

「終わってる子は？　子竜にかまけてたら微調整出来ないわよ？」

「そっちは知り合いに乗ってもらおうと思う。さっき竜舎を見たら、丁度帰ってきてたし」

「……ふーむ、確かに私とドルトくんが付きっ切りになれば、子竜二頭くらい何とか仕上げられなくはないかも……っていうか竜騎士の知り合いがいるのかい？」

「まぁね」

ケイトの問いに、ドルトは笑みを返した。

◆

「はー！　つっっかれたー！　足揉《も》んで、ローラ」

「お疲れ様、よく頑張ったわね。セーラ」

ガルンモッサから徒歩にて帰ってきたセーラとローラ。

二人は自室にて、休養をしていた。

そこへコンコンと、扉を叩《たた》く音が聞こえた。

「誰か来たようだけど？　セーラ」

「あームシムシ。私たちはまだ帰ってきていませんー。いいわねローラ」

「いいわ」

「じゃあもう少しマッサージの続きをおねがいー」

セーラが目を瞑《つぶ》り、身体《からだ》をゆだねようとした時である。

いきなり扉が開け放たれた。

「入るぞー」

「ぎゃーっ！」

入ってきたのはドルト、それに続いてケイトだ。

セーラは猫のような悲鳴を上げた。

ドルトは呆れたような顔でセーラを見た。

「なんだよ、竜の子供みたいな声上げやがって」

「乙女の部屋に勝手に入ってくるな！　ばか！　はげ！　おっさん！」

「おい、ひどいな……」

ドルトは罵声《ばせい》と共に飛んでくる、枕やらぬいぐるみやらを避《よ》けながら、言った。

ローラはドルトの後ろにいるメイドAに気付いた。

「……えーさん、あなたが教えたのですね」

「さて、何のことでしょう」

とぼけるメイドAに、セーラは叫ぶ。

「何してくれてるんですかっ！」

だがいつの間にか、メイドAはドルトの後ろから姿を消していた。

一瞬の早業。近くにいたドルトやケイトですら気づかなかった。

「くっ、逃げ足の速い……」

廊下まで追いかけるセーラだが、その視界に既にメイドAはいなかった。

「まぁまぁ、彼女の事は責めてくれるなよ。俺が頼んだんだ。それにとりあえず急ぎの用なんだ」

「……仕方ないわね。すっごく釈然としないけど」

「悪いな。ローラも来てくれ」

「うい」

セーラとローラは渋々といった様子で、ドルトの言葉を待つ。

「実はな――――」

そして、ドルトは話を始める。

◆

「……なるほどねぇ、また竜を欲しがってるのね。あのエロオヤジ」

腕組みをしながら、セーラが言う。

「それで人手が足らない、と。なるほど、理解しました」

ローラが静かに頷《うなず》いた。

「あぁ、だからお前らの力を借りたい。頼めないだろうか？」

ドルトの頼みに、二人は顔を見合わせる。

「ふーむ、どうする？　ローラ」

「どうしようかしら？　セーラ」

互いにそう問う二人だったが、すぐに結論は出ていたように笑った。

「まぁミレーナ様が困っているなら、断るわけにはいかないかしら？」

「そうね。でもお礼に甘いものくらいは奢《おご》ってもらえるのでしょう？　女子へのお礼は甘いものと相場が決まっているわ。この『女子に好かれる100の方法』にも書いてあるし」

どこから取り出したのか、分厚い本をめくりながらローラは言った。

「ま、おっさんの言うこと聞くのはちょっと癪だけどねー」

「ありがたい……が、おっさんと言うのはやめてくれ、地味に傷つく」

「あはは、まぁ気にしない気にしない！」

ばしばしと背中を叩かれながら、ドルトはやはり地味に傷ついていた。

ともあれ竜舎へ行くことになった四人。

歩いていたドルトの肘を、ケイトがちょいちょいとつつく。

「ドルトくんてば、いつの間に美少女と仲良くなってたわけ？　いいなぁうらやましいなぁ。私も美少年といいちゃいちゃしたいなぁ」

「おばさん呼ばわりされてもいいのか？」

「そこはあーた、お姉さん♪　と呼ばせますよ？」

「呼んでくれるといいけどな」

ちらりとセーラを見やると、すでに竜舎へとついていた。

「はやくしなよ、おっさん」

そう叫ぶセーラを見て、ドルトは呟く。

「あんな感じなわけだが……」

ドルトの言葉に、ケイトは笑いながら首を振る。

「そこは拒否権ないんで。絶対お姉さん♪　って呼ばせますよー」

「だったらいいけど」

「調教は得意なので」

「竜の？」

「さてどうかしら？　ふふふのふ」

ドルトの突っ込みに、ケイトはあえて何も言わず、笑うのみだ。

底知れぬ不気味さを感じたドルトは、それ以上突っ込むのはやめにした。

◆

竜舎に着くと、ドルトは出荷用の竜二頭をセーラとローラに紹介する。

「お前たちはこの竜の訓練を頼む。殆《ほとん》ど仕上がってるから、早駆けと戦闘訓練、悪路の走行辺りをバランスよく。……言うまでもないが、怪我《けが》だけはさせないように」

「そうね。気をつけようね。セーラ」

「わ、わかってるわよ！　ローラ」

先日のことをローラにからかわれ、セーラはむすっとした。

それを聞いて思い出したドルトが尋ねる。

「そういえばあの時の怪我した竜は大丈夫だったか？」

「うん、道中の街で休ませたら、大分落ち着いたみたい」

「わかった。あとで一応見ておく……で、問題は俺たちの方だな。ケイト」

「ですなぁ。とりあえず、子竜のいる離れに行ってみるかい？」

「おう。それじゃあセーラ、ローラ、あとは任せるぜ」

「うん」

セーラたちに別れを告げ、ドルトとケイトは竜舎を出る。

中庭をぐるりと回り裏手に行くと、城から少し離れた外壁の傍の小屋に、子竜と親竜が二頭ずついた。

まだ子離れ出来ていない親竜は、あまり刺激を与えぬよう、子竜と共に少し離れた場所で飼育しているのだ。

遠目から子竜を見つけると、ドルトは頷く。

「うん、もう鱗《うろこ》も生え揃《そろ》っているな。一歳三ヶ月ってところか？」

「おー正解！　ぴたり賞をあげよう。でも、親離れはまだだよ」

竜は生まれた時は人間の子供くらいの大きさだ。

しかし数時間ほどで歩けるようになり、どんどん食べてどんどん大きくなる。

そして一年かけて、今と同じくらいの大きさになるのだ。

陸竜は、竜の中でも比較的親子の絆《きずな》が強く、親は子が一人で生きていけると判断するまでは決してそばを離れない。

餌も親が一度噛《か》み、食べやすくして子供に与え、寝る時は全身で抱きかかえるようにして眠る。

そうしてすくすく育った子竜は、やがて親から離れ一人で生きて行くのだ。

こうして独り立ちした竜は成竜となり、ようやく一人前として扱われる。

親離れ間近とはいえ、子竜は子竜だ。親竜がどの程度警戒しているのかを知る必要があった。

「というわけで、ちょっと行ってくる」

「はいよー気を付けて」

ドルトが近づくと、親竜は子竜を守るように立《た》ち塞《ふさ》がった。

子竜を抱えた親竜は気性が荒く、非常に危険だ。

野生の獣などはこの時の竜には決して近づかず、縄張りを示す鳴き声を聞いた途端、隣山まで飛んで逃げる程だ。

親竜は警戒するように、ドルトを睨《にら》み付ける。

「……まだべったりって感じだな。ちなみにケイトはいつも親離れはどうしてる？」

「特に何も。親竜にお任せかなー。時々顔見せして、撫《な》でさせてもらうくらい。普段はそれでいいけど、今回は時間がないんだよねー」

「あぁ、だから早めに安心させて、親離れまで持っていきたいところだ」

そう言ってドルトは更に親竜に近づいていく。

数歩、近づくと唸《うな》り声を上げてきたのでそこで止まった。

これ以上近づくと攻撃される恐れがあった。

「……ここまでか。意外と警戒されてないな。ケイトの育て方が良かったんだろうな」

「全く、命知らずだなぁドルトくんは。文字通り一歩間違えれば死ぬよ？」

「そこまでギリギリは探ってねぇよ。あと五歩はいけるって。それよりケイトは触れるのか？」

「多分ねー。……ごめんよ、ちょっと触らせて貰《もら》ってもいいかなー？」

声をかけながら近づくケイト。

ドルトが離れると親竜は座り、ケイトは無事に子竜を撫でる。

「おーよしよし、ありがとね。かわいいかわいい」

「きゅーん」

生まれた時から世話をしていたケイトなら、近づけるようだ。

ドルトはそれを見て、ふむと頷く。

ドルトの中で、竜の教育方針が決まった。

◆

「……こんな感じでいいのかな？」

「あぁ、ぐるっと城を一周したら、親子を替えてもう一周だ」

ケイトが子竜を抱えるようにして支え、そのすぐ横を親竜が歩く。

数歩遅れて、ドルトが続く。

ここまで育った子竜は大人より少し小さいくらいだが、まだ脚も十分には発達しておらず、少しの事で転びやすい。

だが人が抱える事で安定し、転びにくくなるのだ。

加えて人に慣れさせる効果もある。

「よーしよし、どうどうー」

ケイトが子竜の首を撫で、止めさせる。

ちゃんと城を一周出来たのだ。

ご褒美に果物を食べさせると、子竜はごろごろと喉《のど》を鳴らした。

「いい子だねー頑張ったねー」

「うんうん。二頭《ふたり》ともよく頑張ったな」

ドルトは離れた場所で手を叩く。

竜との距離は、散歩の前より近くなっていた。

「ケイト。この調子で次、行くぞ」

「おっけーい」

その日、二人はぐるぐると城の周りを回っていた。

一日目が終了した。

「いよっ、おはようさん！」

朝早く、ドルトが声をかけながら親子竜にゆっくり近づいていく。

それに気づいた親竜が首を持ち上げた。

先日よりもかなり近く、触れられる程の距離まで近づくが、親竜は少し目を細めて首を下ろした。

まだ睨んではいるが、警戒よりも興味の色が強いようだ。

ドルトは親竜の警戒が順調に解けているのを確認したが、まだ撫ではしなかった。

「おはよう、早いねドルトくん」

「ケイトか。おはよう」

ケイトはドルトに挨拶《あいさつ》すると、遠慮せず近づいて、親竜の頭を撫でた。

そして振り返り、ドルトを見てふふんと笑う。

「ふふふ、ちょっとだけ優越感だよ。いやー私だけ可愛《かわい》がっちゃって、悪いねぇ」

「別に、すぐに懐かせてやるから問題なし」

「どうかなー？　上手《うま》くいくかなー？　子を持つ親は気が立ってるもんだよー？」

「煽《あお》るな煽るな……ま、なんとかするさ」

そうしてまた先日と同様に歩行訓練を開始する。

ケイトが子竜を抱き歩き、親竜が並び、ドルトがそのすぐ後をついていく。

竜とドルトの距離はかなり近くなっていた。

◆

「大分慣れてきたねードルトくん」

ケイトが声を上げるも、竜は気にしている様子はない。

十分にリラックスしているようだった。

「あぁ、親子竜は警戒心は強いが、一度害がないとわかれば意外と心を許してくれるもんさ。子育て中の母親ってのは味方を欲しがってるからな」

「口で言うのは簡単ですけどねぇ。実際そんな簡単でもないよ。やっぱりすごいねドルトくん」

「そうかぁ？」

ドルトの答えに、ケイトは苦笑した。

親子竜の世話は熟練竜師ですら難しいのは定説だった。

「そういえばさ、ドルトくんの両親ってどんな人ー？」

「両親か……実はあんまり覚えてないんだよな。俺は十五歳くらいでガルンモッサに出稼ぎに来たから」

「ほえー、そうなの？」

「貧乏だったのさ。だから両親は二人ともずっと働いてた。だから足手まといになっちゃいけないって思って、働きに出たんだよ」

「わー、重い過去だー」

「……ま、そっからはもっと重いんだけどな。師匠に超厳しく鍛えられたよ。そこからは毎日毎日朝から晩まで仕事、仕事、仕事」

「めちゃめちゃ重いー」

重そうな感じなど微塵《みじん》も出さず、軽いノリで応えるケイト。

逆にそんなケイトの前だからこそ、語れる話だった。

「ま、師匠が親みたいなもんだったな。無茶苦茶だけど優しいところもあったよ。多分、きっと、恐らく」

「それは美化された思い出というやつではないですかねぇ」

「かもな。……んじゃ、そろそろ次の段階に行こうか」

「おー！　どうするー？」

「街へ行く。騎竜である以上、人にある程度慣れさせるのは必須《ひっす》だからな。人の少ない外壁の外を回ってみよう」

「うーん……ちょっと心配ねぇ」

ドルトの言葉に、ケイトは乗り気ではなかった。

とはいえ、時間的に余裕がないのも事実であった。

「まぁ仕方ないか。いきましょー」

「おう」

ケイトは親子竜を連れ、街の方へと向かった。

「ここなら見晴らしもいいし、何かあってもすぐ気づくでしょう」

「人もいい感じに少ないしな」

外壁周りに辿《たど》りつくと人の姿がまばらに見えてくる。

だが、チラチラと視界に入る通行人の姿に、竜は警戒しているようだ。

竜舎にいた時と比べ、あからさまに気が散っている。

子竜を抱きかかえながら、ケイトはドルトに問う。

「ねードルトくん、なんかこの子たちピリピリしてるねー」

「街の外なら、と思ったけど案外人が多いからな。しゃーない。少し離れるか」

「あいよー」

ドルトたちが街から離れようとした時である。

不意に、崩れかけた壁の陰から子供が飛び出てきた。

まさかそんな場所に子供がいるなんてドルトたちも気付かなかったのだ。

「わー！　りゅうだー！」

ドルトとケイトが止める暇もなく、子供は子竜に近づき手を触れる。

しまった、とドルトがそう呟《つぶや》いた時にはもう遅かった。

「グルルルルォォォォォォォ‼」

親竜は怒りをあらわにし、咆哮《ほうこう》を上げる。

威嚇するかのように立ち上がり、手足を広げて子竜の前に立ち塞がった。

敵意むき出しのその姿に、ケイトも子供も、驚き身を竦《すく》ませている。

竜の目は子供を、完全に敵とみなしていた。

「ガァァァァッ‼」

「危ねぇ！」

ドルトは咄嗟《とっさ》に、ケイトから手綱を引ったくり、それをぐるりと束ねて思い切り、引いた。

がぢん、と歯が噛み合う音が子供のすぐ耳元で鳴る。

咄嗟に引き寄せられたことで竜の牙《きば》は子供の頭をかみ砕くことはなかった。

ぎろりと睨み付けられ、がちがちと耳元で歯ぎしりをされ、子供は漏らした。

何とか無事かと安堵《あんど》しながらも、ドルトは声を上げる。

「ケイト！　その子を頼む！」

「で、でも……！」

「いいから早く！」

ドルトの腕は普段の倍近くにまで隆起し、額には大粒の汗が浮かんでいる。

全力を超え、腕は震え、足は引きずられた跡がついていた。

ケイトはそれ以上何も言えず、コクコクと頷《うなず》くと子供を抱えて岩陰に隠れた。

ドルトは良しと頷いた。

竜の視界から隠れれば、刺激することもない。

それを確認したドルトは、視線を竜へと移す。

じっと見つめる竜の目は怒りに赤く染まっていた。

ドルトは覚悟を決めた。

「さて、少し大人しくして貰おうかね」

「グルルルルォォォォォォ‼」

再度、咆哮と共に竜は首を上げる。

ドルトは引き絞っていた手綱を緩め、それを許した。

と、共に竜はドルトに襲い掛かる。

「オオオオオオオ‼」

咆哮を上げながらの突進。それを目の前にして、ドルトは左腕を前方に差し出した。

左腕に嵌《は》めているのは、竜皮籠手《こて》というものだ。

見た目はただの革手袋に見えるが、竜の皮をなめして重ねた竜皮籠手《これ》は非情に硬く、弾性に富む。

そう、たとえ竜の牙と言えど――

がぶり！　と竜がドルトの左腕に噛《か》みつき噛み千切ろうとするが、びくともしない。

ドルトは勢いのまま竜を地面に押し倒し、首の上に腰を下ろした。

「グアア……ウウウ……！」

「よぉしよし、大丈夫だぞー」

それでもなお暴れようとする竜を押さえつけ宥《なだ》めると、次第に竜は大人しくなっていく。

竜は頭が重く、首の付け根を押さえると動くことが出来なくなるのだ。

竜皮籠手に噛みつかせ、引き倒し、頭を押さえ、宥める。

一連の動作は暴れた竜を押さえる動作である。

ただこれは非常に難易度の高い技術で、いくら練習をしていても中々咄嗟には出来るものではない。

それをドルトは、まるで猫でもあやすように涼しい顔をしてやってのけたのだ。

勿論《もちろん》、ケイトも同じ事をやったことはある。

しかしとてもではないが、こんな風に鮮やかに竜を倒すなど出来はしない。

それどころか、イメージすら湧かなかった。

どれほど修練を積んでもこの域には一生届かないと確信してしまうほどの歴然とした、差。

「い、一体何十万回同じことを繰り返したの……⁉」

既に竜はゴロゴロと喉を鳴らし、気持ちよさそうにドルトに撫《な》でられるままになっていた。

ケイトの掌《てのひら》がじわりと汗に濡《ぬ》れた。

「うぅ……ひっく」

そんなケイトの胸元で、子供がしゃっくりを上げた。

慌ててケイトは安心させるように、子供を優しく抱きしめる。

「おっと、大丈夫だよーボク。竜はあのおじさんが大人しくさせてくれたからねー。よしよし」

子供をあやしながら、ケイトはドルトの方を見る。

ドルトは竜を立ち上がらせ、ケイトから離れるように移動していた。

◆

「ドルトくん」

「おう、大丈夫だったか」

「……おかげさまでね」

子供を送ったケイトは、ドルトに声をかける。

「どうしたよ？　変なものでも見たかのような顔だぜ？」

「いやぁ、変なものを見てしまったからねぇ……」

「？」

何のことだかわからないと言った顔のドルトを見て、ケイトはため息を吐いた。

「まぁとにかくお疲れー。竜は大丈夫そう？」

「うーむ、どうだかなぁ。仕方ないアクシデントとはいえ、竜の信頼を損ねたかもしれん。もう少しゆっくり慣れさせるつもりだったが、これでは仕上がりが遅くなるかもしれない」

竜を見上げるドルトの背中に、ぽふん、と何かが当たる。

振り返ると、そこにあったのは子竜の頭だった。

驚くドルトを子竜は見上げ、首をドルトの身体《からだ》に巻き付ける。

「お前……！」

「ガウゥ……」

子竜だけでなく、親竜もまたドルトの身体に首を巻き付けた。

親愛の証《あかし》――竜は常に冷静で、強き者を主人として認める傾向が強い。

暴れた自分を見事に収めたドルトを、主《あるじ》と認めたのだ。

「……そうかい、ありがとよ」

ドルトはそれを素直に受け取ることにした。

可愛《かわい》らしい声で鳴く子竜の身体を預け、その頭をよしよしと撫でるのだった。

それ以降、子竜の調整は順調に進んでいった。

竜を調教するうえで暴れた時の対処は非常に肝心で、下手な対処をするとすぐに暴れる神経質な竜になってしまう。

具体的に言えば吠えたり、攻撃したり、傷つけたり。

暴れると怒られるという緊張感が、より竜を神経質にさせるのだ。

逆にうまく対処すれば、竜からの信頼が得られ、素直に言う事を聞くようになる。

人間の子供と同じで、怒ってばかりの教師はただ嫌われるが、尊敬できる教師の言う事は聞くものだ。

しかも、懐いた親子竜の様子がもう一組にも伝わったらしく、そちらの方もドルトに対し警戒心を薄めていた。

その点も踏まえて言えば、今回は諸々《もろもろ》含めて上手くいった。

ドルトは安堵の息を吐くのだった。

――――八日目。


「よーし、いいぞ！　もう少し速く走れるか？」

「ギャウー！」

子竜に乗り、ドルトは街の外周を走らせていた。

周りに観客がいて声もかけてくるが、子竜は気にする素振りもない。

親竜はその後ろをついてきているが、どこか安心した顔だ。

既に親離れは終わっていた。

「ちょーい、速いってばドルトくーん」

その更に後ろを、もう一頭の子竜に乗ったケイトが続く。

ケイトの乗る子竜はまだドタドタと足取りが若干怪しかったが、それでもちゃんと親離れは出来ていた。

ドルトが竜の脚を緩めると、ケイトはようやく追いつき並ぶ。

「ふぅ、すっかり懐いちゃったね。全くドルトくんたら、モテモテなんだから」

「ははは、竜にモテても仕方ないんだがな」

「ほほーう？　本当に竜だけなのかなー？」

ニヤリと笑うケイトだが、ドルトは首を傾《かし》げた。

「じゃないのか？」

「さーて、どうだかねぇ」

意味深に笑うケイトに、ドルトはやはり首を傾げた。

ゆっくり並んで歩む二人の後ろから、竜が近づいて来る。

「あー！　いたいた、おっさーん」

竜に乗ったセーラとその後を追うローラである。

二人はドルトのところまで駆けてくると、竜を止めた。

ドルトから見た竜の様子はきわめて良好。

十分に手懐けられており、人を乗せても人が近づいても、暴れることはないようだ。

毎日ちゃんと乗っていた証拠である。

追いついてきたローラがセーラに声をかける。

「飛ばし過ぎ。この子たちは出荷前なのよ。セーラ」

「ちゃんとおっさんの言う通りの速度は守ってますぅー。心配性なのよ、ローラは」

べーと舌を出すセーラだが、ドルトから見ると若干速度を超えていた気がした。

とはいえ誤差の範囲。

戦場では限界を超えて走ることも多々あるし、このくらいは出来てもらわねば困るくらいだ。

ひ弱な竜など、戦場では何の意味もなさない。

だからドルトは何も言わなかった。

「戦闘訓練も終わっているな？」

「バッチリよ。ね、ローラ」

「えぇ、なんならここで見せようかしら？　ねぇセーラ」

「おおっ！　それはぜひぜひっ！」

食いついたのはケイトである。

瓶底のような分厚い眼鏡越しにも、キラキラと目を輝かせているのがわかる。

「そういやケイトは竜騎士の戦いを見るのが好きだったな。よく見てるし」

「私、ちっちゃい頃に竜騎士の出てくる絵物語を読んでさ、憧《あこが》れてるんだよねぇ……白竜に乗った王子様、私の前にも来ないかなぁ」

うっとりとするケイト。

呆《あき》れた顔のドルトに、セーラは声をかけた。

「……で、どうする？」

「あぁ、どの程度慣れたのか見てみたいしな、やってみてくれ」

「了解」

二人はそう答えると、互いに向かい合う。

「ひゅーひゅー！　いいぞー！」

「ほらケイト、下がってろ。危ないぞ」

ドルトはケイトを引きずるように、後ろに下がる。

竜から降りて子竜の手綱を強く握りしめた。

「始めてくれ」

ドルトの合図で二人は手にした長棒を構えた。

「んじゃいくよ、ローラ」

「いつでも来なさい。セーラ」

じりじりと間合いを測る二人の様子を、子竜二頭は興味深げにじっと見ている。

二頭とも騎竜としての適性がありそうだなと、ドルトは思った。

戦場に出る竜は人馴《ひとな》れの他に戦場慣れもさせておかねばならない。

剣が、槍《やり》が、弓矢が飛び交う戦場で、パニックを起こして乗り手を振り落とす竜は多い。

しばしにらみ合った後、二人は同時に駆け声をあげる。

「はあっ！」

「てやっ！」

手にした棒にて、セーラとローラは互いに打ち合い始めた。

長い棒を槍に見立てての演武。

狙うのは手や足、得物は長棒であるが、それ以外は実戦と差のない、本気の動きだ。

寸止め狙いとは言え、確実に防げるわけではない。

狙いは所詮《しょせん》狙い、外れる事もあれば失敗することもある。

勿論、戦闘中に竜の身体に当たる時もある。

だが竜はそれに動じる事もなく、乗り手の命令に従って動いている。

ちゃんと調教が出来ている証拠だ。

二人の竜はすぐにでも戦場で使えそうだった。

「てぇい！」

セーラとローラの棒が、眼前にて強く当たる。

その衝撃で両者の棒はへし折れ、地面に突き刺さった。

折れた棒を目の前にし、二人はクスリと笑った。

ケイトは興奮した様子で何度も両手を上げた。

「いやーよかったよかった。いい戦いだったよー二人とも！」

「うん、いい戦いだったな。竜もばっちりだ」

ドルトは手を叩《たた》いて二人の戦いを称賛した。

訓練とはいえ、それなりに激しい戦いだった。

にもかかわらず子竜は戦う二人を見て平静さを保っていた。

むしろ自分たちもやりたいとばかりに、ウズウズしている程である。

騎竜としての素養は十分。

四頭とも、十分に調整は完了していた。

◆

——九日目、最終調整を終えた竜たちは出立の準備を始めていた。

最後に親竜と首を絡ませ合うと、子竜はドルトとケイトに引かれていく。

否、もう子竜《こども》ではない。立派な成竜《おとな》である。

大きく育った我が子を、親竜は姿が見えなくなるまでずっと、見ていた。

「はぁ、何度やっても辛《つら》いもんだねぇ。親子を引き剥《は》がすみたいでさ」

「どちらにしろ、いつかは別れるもんさ。それが少し早かっただけだ」

ドルトの言葉には、どこか冷たいものが混じっていた。

ケイトはむすっとした顔で、ドルトを見る。

「ドルトくんてさ、結構ドライだよねー。血も涙もないわけ？」

「失礼な。そんな事は……」

ケイトの言葉に思うところがないわけではなかったが、ドルトはそこで口を閉ざす。

実際問題ガルンモッサで多忙を極めていたドルトは、多くの竜を一度に面倒を見ていた為、一頭一頭に執着しなくなっていた。

あげく、番号で呼ぶ始末である。ケイトに言われても仕方のない事だとドルトは思った。

口ごもるドルトを見て、ケイトは元気づけるようにその背中をぺちぺちと叩いた。

「まぁまぁ、大丈夫だって。ドルトくんが冷たいぶん、私がカバーしたげるから！　私の熱さと混ざってちょうどいい温度になるかもよ？」

「風呂《ふろ》みたいに言うなよな」

「おー、いいねーお風呂、泥だらけだし早く入りたーい」

その意見には、ドルトも賛成であった。


――――そして翌日。

竜たちの旅立ちをケイトとドルトは見送っていた。

セーラ、ローラに導かれながら、ガルンモッサへと向かう竜たちはちらちらとドルトを振り返っていた。

「あの子たち、可愛《かわい》がってもらえるかしら」

「さぁてね。俺が辞めてからの後釜《あとがま》次第かな。優秀な奴が入ってるといいんだが……」

「複雑なところだねー」

二人は竜の姿が見えなくなるまで、その場に立ち尽くしていた。


「素晴らしい！　流石はミレーナ王女じゃ！　無理な注文にもかかわらず、調整を間に合わせるとはのう！」

豪快に笑うガルンモッサ王。

久しぶりにミレーナと会えたからか、上機嫌であった。

対するミレーナはというと、何度も飛竜で往復し、疲れ顔であったが。

その上ドルトも自分の城にいるので、ミレーナがこちらに来る理由はほぼ消えていた。

それでも礼を欠かすことなく、頭を下げる。

「は、お褒めに与《あずか》り光栄ですわ」

「ふむ、やはりアルトレオの竜は素晴らしい。先日他国の竜を買ってみたが、鱗《うろこ》の一枚一枚、色艶《いろつや》が違う。それに動きもよい。爪や牙《きば》も立派じゃし、ワシのような素人でもすぐに分かる程じゃ」

現在、城下ではミレーナから竜を受け取った竜師たちが、その具合を確かめていた。

身体能力、知能の高さなどで構成される竜の総合的な評価はA～A＋ランク。

他国の竜ではCかBがせいぜい、ごく稀《まれ》にA評価がある程度だった。

これはアルトレオが竜の好む山脈が多い地で、なおかつ乾草《ほしくさ》も栄養が豊富な事もあるが――

実はその血統も大きく影響していた。

アルトレオの竜は今よりはるか昔、すべての竜を従えて世界を征服した神竜の末裔《まつえい》とも言われている。

故にアルトレオの竜は強く、賢い。

「うむ、うむ！　ではまた竜を買わせてもらうぞ」

「それは結構。……ですが、あまり頻繁にこのような事があっては、困ります」

「何故《なぜ》じゃ？　うれしいのではないか？」

疑問符を浮かべる王を、ミレーナは睨《にら》んで返した。

「……その理由、言わねばわかりませんか？」

「ぬ……っ！」

ミレーナの少し低い声に、王はたじろいだ。

竜を売る側とはいえ、こう頻繁にそれが起きているという事はガルンモッサの竜たちの状態は良くないのだろう。

竜を想《おも》うミレーナの心情は穏やかではなかった。

しばし、視線をぶつけるミレーナだったが、感情を表に出しすぎたと反省をして目を伏せる。

「……失礼しました。ですが反省していただければこれ以上言う事はありません」

「う、うむ。反省した！　反省したぞ！　うむ！」

王はこくこくと頷《うなず》き答えた。

ミレーナはため息を吐《つ》きながらも、理解してくれたことに安堵《あんど》し話を変える。

「ところで他国からも竜を買っているのですか？」

「む、あぁ、まぁの。少し試しに買ってやっただけじゃ。だがやはりアルトレオの竜とは比べ物にならんわい」

「まぁ、それはそれは嬉《うれ》しく思います」

相槌《あいづち》を打ちながら、ミレーナは未だ竜の脱走が続いているのだと察した。

でなければわざわざ質の劣る竜を買うはずがないと。

そして、逃げ出す数は更に増えているのだと。

来る途中、いつもの癖で覗《のぞ》いた竜舎の中は竜の気配がかなり薄くなっていた。

「アルトレオではそうはならんのか？」

「生憎《あいにく》と、優秀な竜師がおりますので。今回調整が間に合ったのも彼らによるところが大きいですわ」

誇らしげにミレーナは胸を張る。

だが王は首を傾《かし》げた。

「竜師……ふむ、そうか。優秀な竜師が必要なのか」

「ええそうです。竜を管理するならば、優秀な竜師の存在は必須《ひっす》と言ってよいかと」

もう遅いですけれども、とミレーナは心の中で付け加える。

「あい分かった！　色々ご教授いただいて礼を言うぞ。どうじゃ、お礼にどこか旅行でも」

「すみませんが忙しいですから」

今度はきっぱりと、ミレーナは断った。

◆

――――その翌日、王は竜騎士団長を呼び出した。

「のう団長。そう言えば以前、優秀な竜師がどうとか言っておったな。あれは今どうしておる？」

「は……？　それはドルト＝イェーガーの事でございますか？」

「名前など知らぬ」

「……解雇した者の事であれば、彼でしょう。田舎に帰って畑を耕すと言っておりましたが」

「おぉそうか！　実はな、奴をまた雇い入れてやってもよいかと思っておるのじゃよ」

　王の言葉に団長は、しばし考えた後、答えた。

「それは……連れて来いと、そう言う事ですか」

「うむ、今から書状も用意しよう。しばし待つがよい」

　言うと王は、紙を取り出しさらさらと文面を刻んでいく。

　書き終えた王はその出来栄えに満足げに唸《うな》る。

「うむ、よい出来栄えじゃ！　更にガルンモッサの王印も押しておこう。ふふ、これを見れば慌てて帰ってくるであろう！」

「……承りました」

「頼むぞ。下がってよい」

「はっ」

ようやくドルトの重要性を理解したかと、団長はため息を漏らす。

だが遅きに失したと言わざるを得ない。

一度管理を外れた人間を探し当てるのは、かなり難しい。

それにあんな扱いを受け、素直に戻ってくるだろうかという疑問もあった。

とはいえ王の命令である。

団長は書状を手に、竜舎へと向かった。

「ドルトの田舎か……確か昔聞いた事があるが、ここからはかなり遠かったはず。歩いていればまだ帰郷していないだろう。そもそもあいつは気まぐれな男だ。まっすぐ帰っているとも思えない。ならば使いを出してみるとするか」

竜舎の扉を開けると、団長は竜に餌をやっている初老の男を見つけた。

「竜師、少しいいか」

「は……？　へぇ、何か」

気の抜けた返事を返され、団長は眉《まゆ》を顰《ひそ》める。

彼は城の竜師から雇われた日雇いの労働者。

一応竜師という体ではあるが、上から言われるがままに餌をやり、掃除をし、言われた事をして帰る。

しかも全く現場に出て来ない人間に言われた事をして、である。

気力も体力もやる気もなく、満足な仕事が出来ているとは言えなかったが、それでも今の竜舎を一番知る人物だった。

「小飛竜は今、使える状態か？」

「はぁ、まぁ一応」

「一頭借りるぞ。見せてくれ」

「へぇ、ではこちらへ」

竜舎の二階へと上がる二人。

金網を張った小屋の中には小さな飛竜たちがいた。

――――小飛竜、そのサイズは大鷲《おおわし》より少し大きいくらいだが、れっきとした成竜である。

小飛竜の用途は主に伝令で、小さいとは言え竜の硬い鱗と戦闘力、機動力にて、外敵に襲われることなく確実に知らせを伝えるのだ。

小飛竜は団長らを見ると、退屈そうにくるると鳴いた。

その中の一匹、古株の竜に団長は目を付ける。

「108号がいるな。確かこいつはドルトの事をよく知っているはずだ」

そう言って団長は一枚の布切れを取り出す。

ドルトの臭いがたっぷり染み込んだ衣服だ。

小飛竜はそれに鼻を近づけると、嬉しそうに翼を羽ばたかせた。

「きゅるるる！」

「よし、臭いを覚えたか？　じゃあこいつをドルトの所まで運んでくれ」

「きゅーっ！」

団長が金網を開けると、書状を括《くく》りつけた小飛竜は真《ま》っ直《す》ぐに飛んでいく。

小飛竜はぐんぐん遠くなり、すぐにその姿を消してしまった。

第四章――おっさん、畑仕事をする

アルトレオ城にて、ドルトはセーラと共に城の庭にいた。

「さーて、お仕事も一段落ついたでしょう？　そろそろ畑仕事を教えてあげるわっ！」

「よろしく頼む」

約束通り、ドルトはセーラに畑仕事を教えてもらっていた。

「まずは、畑を作ってみましょうか」

「ふむふむ、畑ね。……てか、その辺に蒔《ま》いたら育つんじゃないのか？」

「んなわけねっぺさーーーーっ！」

ドルトのあまりにもの知らずな発言に、セーラが即座に爆発した。

方言《スラング》にて、である。

どうやらセーラは農業関連で怒ると方言が出るのだと、ドルトは思った。

興奮した様子でセーラは続ける。

「作物ってのはなぁ、栄養がいっぺぇある土でねぇど、まともには育たねぇんだ！　こげなカチカチの土で、美味《おい》しい野菜ができっがぁ！」

「あっはい」

「っだくぅ……すぅ、はぁ……」

セーラは自ら落ち着くべく、何度も深呼吸をした。

しばらくすると落ち着いたのか、普段の様子に戻った。

「……いい？　とにかく土には栄養がないとダメなわけ。地面を掘り返したら黒い土が出てくるでしょう？　これが栄養のある土と理解しなさい。わかった？」

「了解だ」

「はぁ、とりあえずミレーナ様には、花壇の使用許可をもらってるわ。まずは花を引っこ抜いちゃいましょう」

「何だかもったいないなぁ」

「食べられない花は雑草も同じよ。さぁさぁ容赦しなくていいから」

セーラに急《せ》かされながら、花を引っこ抜くドルト。

だが、地中深く張り巡らされた根はドルトが思った以上に頑丈で、引き抜くことが出来なかった。

「む、根が上手《うま》く千切れないな……」

「そういう時に鍬《くわ》を使うのよ。ほい」

「おおっ！　こりゃすごい！」

ドルトが鍬を叩《たた》き下ろすと、根がぶちぶちと千切れていく。

鍬の便利さに、ドルトは夢中になって鍬を叩きつける。

横ではセーラが頬杖《ほおづえ》をついてその様子を眺めていた。

ひととおり作業が終わった畑を見下ろし、ふむと頷く。

「おー、いい感じになったじゃない！　見た目だけは畑っぽいわ。見た目だけ、は」

「……手厳しいな。何が足りない？」

「そうねぇ、逆に問うわ。おっさんは何が作りたい？」

「それは……」

セーラの問いに、ドルトは返すことが出来なかった。

何を作ればいいのか、何が作りやすいのか、何が作れるのか、それらが知識として全くなかったからだ。

ドルトが困惑するのを見て、セーラはにんまりと笑う。

「そーいうこと。おっさんに足りないのは、作物に対する基本的な知識よね。だから少し、勉強してらっしゃいな。図書館にでも行ってさ」

「なるほど……確かにそうだな」

「うん、行ってらっしゃいな」

◆

ドルトはセーラに別れを告げ、図書館へと向かう。

城の一階、中庭を少し進んだところに図書館はあった。

荘厳な扉を開け、中へと入る。

「お邪魔しまーす」

控えめな声が、静かな空間に響いた。

中に入ったドルトは、目当ての本を探すべく、きょろきょろと辺りを見渡しながら進む。

「えーと、農業農業……」

普段図書館などに全く縁のないドルトである。

本を探すにしても、これだけ膨大な本の中から目当てを探すのは困難だと思われた。

「……誰かに聞こう」

戻ろうと踵《きびす》を返したドルトは、何かを弾《はじ》き飛ばした。

目の前には人が転んでいた。

青い髪の少女、セーラとよく並んでいる竜騎士、ローラであった。

「あぁすまん、よそ見をしていた」

「気にしないでください。ドルトさん」

そう言って手を差し出すローラ。

無言でドルトを見つめていた。

ドルトはやや考え込んだ後、その手を引いて立ち上がらせた。

「どーも」

「……何でこんなところに？」

「私は本の虫ですので。休みは基本、ここにいます。ドルトさんが探している本も多分、わかりますよ」

「本当か⁉」

思わず声を上げるドルトに、ローラは人差し指を一本、唇の前に立てた。

そして小声で囁《ささや》く。

「図書館では、お静かに」

「……すまん」

ドルトは二重の意味で大人しく、謝った。

◆

「農業の本を探しているのですね。ちなみにどういった分野でしょう？」

「え？　一冊で全部まとまってるんじゃないのか？」

「それ、セーラに言ったらまた怒られますよ。農業はそんなに甘くないと。農機具、作物、土、肥料、環境、水……ざっくりわけてもこれくらいはありますが」

「……作物系でお願いします」

ローラがずらっと並べた単語に、ドルトは殆《ほとん》どピンとくるものがなかった。

基礎知識が足りないと言ったセーラの言葉を、ドルトは痛感した。

連れていかれた先は図書館の入り口、その一角。

背表紙には果物や野菜について書かれているものが沢山並んでいる。

「ここが作物のゾーンですね」

「へぇ、なるほどなぁ」

「丁寧に扱ってくださいね。本は高価ですので」

「お、おう」

無造作に取ろうとしたドルトをローラは強く窘《たしな》めた。

ドルトは恐る恐る、芋の絵が描かれている本を取った。

本には『私はこうして大農園を築いた』と書かれていた。

本を開いてパラパラとめくると、難しい表現でびっしりと文字が書かれている。

ドルトはうっと息を呑《の》んだ。

しかし勉強というのはそういうものだと思うことにして、頑張って読み進めようとする。

「ドルトさん、そういうのよりこちらの方がいいのでは？」

そんなドルトの横からローラの細腕が伸びる。

本棚から抜いたのは、図解入りで文字も大きい本だった。

本には『こどもでもかんたん、おやさいのつくりかた！』と書かれていた。

ドルトはあからさまにげんなりした顔をした。

「……子供用の本じゃねぇか」

「ドルトさんには丁度いいと思いますよ？　さぁ物は試しです。机に座って、さぁ」

「むぅ」

ローラに無表情のままそう言われ、ドルトは唸《うな》りながらも読むことにした。

本には絵入りで、かつ簡単な言葉で野菜に関する知識が書かれていた。

最初は何だか馬鹿にされている気分だったが、するすると読み進められていることに気づく。

いつの間にか没頭していたドルトの横で、ローラの口元が緩んでいた。

「――ふぅ、読んだー」

一冊分、読み終えたドルトは大きく伸びをした。

その傍らではローラが、ドルトの戻した本を丁度読み終えるところだった。

「如何《いかが》でしたか？」

「おう、おもしろかったよ。読みやすかったしな」

「それはよかった。実はセーラにあなたの面倒を見るように言われてきていたのです」

「セーラが？」

「はい、ドルトさんはあまり本を読まなそうなので、困っているようだったら教えて欲しいと。『か、勘違いしないでね、あんたがその程度の事もわからないと困るのは私だから、そうしてるだけだし！』との言葉も一緒に貰《もら》っています」

「何故《なぜ》声色を真似《まね》たんだ……」

声色だけでなく仕草までそっくりであった。

呆《あき》れるドルトを見て、ローラは言った。

「可愛《かわい》かったでしょう？　セーラの真似」

「さて、どうだか」

「ふふっ」

無表情で笑うローラだが、それなりには嬉《うれ》しそうだった。

「ていうか、セーラが教えてくれればよかったような気がするが」

「セーラはあまり本を読まない子なので。だから私に頼んだんですよ。あの子、本を読もうとして開いたら、とたんに寝てしまったんですよ。ちょっとびっくりしました」

「それは重症だな……」

「ええ全く。ミレーナ様なんて、あれだけお忙しいのによく図書館にいらっしゃるのですよ。少しは見習って欲しいものです」

頬を膨らませるローラを見て、ドルトはくすりと笑った。

「ありがとう。いろいろ勉強になったよ」

「どういたしまして」

ドルトはローラに礼を言い、図書館を後にするのだった。

◆

そして翌日。

畑にて、セーラはドルトに問う。

「さて、何を作るか決めたかしら？」

「うん、ジャガイモ辺りがいいと思うんだが」

「ほほーう、その根拠は？」

「病気にも強いし、この辺りの地方でよく採れるんだろう？　初心者にも簡単らしいし」

「……ふむ、少しは勉強してきたみたいね」

ドルトの答えに、セーラは満足したように頷《うなず》いた。

「もっと詳しい話をするとね、アルトレオみたいな寒地、かつ高地でも問題なく育つジャガイモは、この国の食料の要なのよ。アルトレオの芋は竜と並んで有名なの」

「へぇ、流石《さすが》詳しいな」

「まぁねー！　ちっちゃい頃からお父ちゃんに教えてもらってきたからね！　子供の頃は弟や妹の面倒を見ながら、畑仕事を教わってきたものよ！」

胸を張るセーラは、どこか誇らしげだった。

農家であることに誇りを持っているのだろう。

「ちなみにジャガイモは揚げたやつが美味しいわ！　いっぱい採れたらさ、フライドポテトを作りましょう！」

「おおっ、いいな！　俺フライドポテト好きだよ」

「決まりね！」

フライドポテトはアルトレオの郷土料理である。

芋を細切りにして油で素揚げし、塩を振りかける。

これは旅人が食べたところ非常に反応が良く、瞬く間に世界中に広まった料理だ。

ドルトはガルンモッサにいたころ、よくそれを食べていた。

酒はあまり飲まないドルトは、仲間内で飲みに行くときは大抵それを抓《つま》んでいた。

安っぽくはあるが、少し懐かしい味を思い出しドルトは生唾《なまつば》を飲み込む。

「よっし、やるぜ！　とりあえず穴を掘ればいいか」

「おーがんばれおっさん。腰痛めないようにね」

「だからおっさんはやめろっつーのに」

セーラに野次を飛ばされながらも、ドルトは作業を続ける。

◆

「むむむ、あんなに仲良さそうにして……」

膨れ面で恨めしそうに二人を見つめるミレーナだったが、ふと何か思いついたように手を叩《たた》いた。

「そうです！　私も農業をしましょう！」

「いやなにを言ってるんですかミレーナ様」

「ひょわっ⁉」

その背後からいきなり声をかけたのはメイドAであった。

冷たく感情のない目で、ミレーナを見ていた。

「さ、いきますよ。メイド長が呼んでいます」

「あぁぁぁぁんっ！　ど、ドルト殿ぉーっ！」

メイドAに担がれて、ミレーナは連れ去られるのであった。

ドルトがその声に気付くことはなかった。

◆

「さて、ジャガイモはどうやって植えるか、勉強したかしら？」

「あぁ、種芋を使うんだろう？」

「フフフ、ちゃんと勉強してきたようね！」

答え合わせ、とばかりにセーラが取り出したのはジャガイモであった。

「こんな事もあろうかと、私の実家から送ってもらっていたのよ！」

「おー、準備いいなぁ」

「まぁね。というか時々実家から送ってくるのよ」

迷惑そうに、だがそこまで嫌ではなさそうにセーラは言った。

ジャガイモを手のひらで転がしながら、気のせいか少し笑って見えた。

「……いいのか？　大事なんじゃ？」

「いいのいいの。食べ物は食べられてナンボよ。ってなわけで、これを埋めてみましょうか。地面、掘っちゃって」

「了解」

そして、ドルトは小さなスコップで穴を掘っていく。

ドルトが畑に幾つかの穴を開けたのを見て、セーラは満足げに頷く。

「おー、そんな感じそんな感じ。じゃあ種芋を植えていきましょう？」

「わかった」

拳一つ分の深さ、歩幅一歩分に、穴は掘り空けられていた。

ドルトは種芋を手にし、穴の中へと入れていく。

「土をかける時は、固めすぎないようにね。その上に肥料を撒《ま》いておくのよ」

「おーけー」

セーラの言う通りに、種芋を植えていく。

そして肥料を――

「何してんだっぺさーーーーッ！」

かけようとしたドルトに、セーラの叱咤《しった》が飛んで来た。

思わず手を止めるドルトにセーラがずんずんと近づいて来る。

「種芋に肥料を直接かけんでねぇっぺさ！　土をかけてからっつったべ⁉　種にかけたら腐っちまうんだ！　根が伸びてきて、そっからよーやぐ肥料から栄養取ってくように、土を間にかけるんだべ！」

セーラはものすごい勢いで肥料を払い、そこに土を、更にその上に肥料を盛った。

恐ろしいまでの手際の良さだった。

集中していなければ見逃していた。

そんなドルトにセーラは吠《ほ》える。

「わがっだかぁ⁉」

「あっはい」

相変わらずの迫力に、ドルトは直立不動で返事をした。

女って怖いとドルトは思った。

しばらくして、種を全て植え終えたドルトは畑に水を撒く。

土は黒く湿り、ねとねとになった。

その頃にはセーラの様子も落ち着いていた。

「……こほん。で、あとは朝夕に一回ずつ、この半分くらいの量の水を撒きなさい。くれぐれもやりすぎないようにね！　腐っちゃうから！」

「わかりました‼」

方言ではないが強い口調に、ドルトは思わず敬語になるのだった。

畑仕事が終わったドルトは次は竜舎に向かう。

午前中は畑仕事、午後からが本業だ。

竜舎に足を踏み入れると、竜たちはギャアギャアと鳴いた。

「おードルトくん。おそようー」

「おはようさん。ケイト。今どんな感じだ？」

「餌やり終わったとこー。散歩に連れてってくれたら嬉しいなー」

「わかった。行くぞーお前ら」

「ガァァァ！」「ゴァァァァ！」

ドルトが扉を開けるたびに、その後ろに付き従うように並んでいく。

びしっと一列に並んだその様子を見て、ケイトは言葉を失っていた。

列は最終的には十頭ほどになっていた。

「……今日は十頭？　よくそんな数の竜を一度に面倒見れるよねー」

「ここの竜は戦場に出ないからか、ガルンモッサに比べて素直で大人しいからな」

「やー、それでも私にゃ五頭が限度っすわー」

「たくさん連れて歩けりゃ偉いわけでもないし。ケイトの面倒見の良さは俺には真似できんよ」

「……そう言う事にしとく。でないと自信なくなりそう」

ケイトは呆れた様子で、パタパタと手を振りドルトを見送るのだった。

◆

「いやーしかし、平和だなぁ」

ドルトは青い空を仰ぎ見てそう呟《つぶや》く。

日差しは強いが風もまた強く、丁度いい気候であった。

竜たちも気持ちよさそうに歩いている。

歩行時の心地よい揺れで、ドルトはうとうととし始めていた。

「ドルトさん」

「うおわっ!?」

突如、すぐ横からの声に振り向く。

声の主はローラだった。

鎧《よろい》姿ではなく私服姿。

動きやすそうなパンツスタイルで、ドルトの横を歩いていた。

「お散歩ですか？」

「あぁうん。昨日は世話になったな。ところで何か用かい？　俺は今からこいつらを連れて散歩に行くんだが」

「ええ、実は竜を貸して欲しくて。少し遠くの山まで花を摘みに行こうかと」

「おぉ、それはこっちも助かるよ。一頭、面倒見なくていいしな。ぜひよろしく！」

「快諾していただき、有難うございます……行くよ、ユナ」

「ガォァァァ！」

ドルトのすぐ後ろにいた竜が吠えると、ローラの元へ駆けてきた。

ローラはその首を撫《な》でた後、竜の背に乗る。

「それじゃあ気をつけろよ。ローラも、竜も」

「わかりました」

そう言うとローラは竜を歩かせ始める。

……ドルトと同じ方向へ。

「えーと、ローラ？」

「何ですか？」

「何故《なぜ》ついてくるのか、理由が聞きたいのだが」

「偶然進路が同じなんです。構いませんのでしたら、お気になさらず」

「そ、そうか」

ドルトの方を見もせずに、ローラはマイペースに歩み始める。

偶然進路が同じなら仕方ないか。そしてそのうち別れるかと思い、ドルトも竜を率いて進む。

「……」

「……」

が、やはりローラはドルトについてくる。

ぼんやりとした顔は、何を考えているのか全く分からない。

まぁ好きにすればいいさと、ドルトはそれ以上何も言わなかった。

「空が、きれいですね」

道中を半分ほど来たところで、ようやくローラが口を開く。

「そうだな」

「変わった鳥がいますね」

「セキレイ鳥だな。尾っぽがぴょこぴょこ動いて可愛《かわい》いんだ」

「本当だ。可愛いですね」

「だろ」

とりとめのない会話を繰り返す。

何となく、マイペースというかのんびりやというか……あまり若い女子っぽくないなとドルトは思った。

どちらかというと縁側で老人がする会話のような。

全く、何を考えているのやら、と思った。

「ところでドルトさん、一つ伺いたいのですが……セーラの事、どう思いますか？」

「どう？　と言われても……急だねどーも」

「一応、天気と鳥の話は挟んでみましたが。まずはとりとめのない会話で場を温めるべし、とこの本にも書かれていますので」

ローラが懐から取り出した本には『だれとでもできる会話』と書かれていた。

なんでそんなもの今持ってるのかと、呆《あき》れるドルトの顔を、ローラは無表情のままじっと見る。

「間違ってましたか？」

「いや、まぁいいさ。確かにアイドリングトークに天気の話は基本だ。えぇと、セーラだっけ？いい子だと思ってるよ。たまに怖いけど、それだけ一生懸命なのかなと思うしね」

「他には？」

「え……うーん、元気だし、面白い。ちょっとおバカだけど」

「他には？」

「えぇ……方言、赤髪……とか？　うーん、これ以上はローラの方がよく知ってるんじゃないか？」

「そうですね。そうですか」

ドルトの言葉にローラは、何故かつまらなそうな顔をした。

全くもって何を考えているのかと、ドルトは首を傾《かし》げた。

「ちなみにミレーナ様の事は、どう思っています？」

「あぁ、本当にすごい人だよな。あっちこっちに飛び回ってさ、忙しいんだって思うよ。流石は王女様だ。それに俺の待遇もいいし、誘っていただいて本当にありがたいと思ってる」

セーラに対してミレーナを語る言葉ははっきりとした称賛だった。

それを聞いたローラは眉《まゆ》を顰《ひそ》める。

「セーラより好ましいと思ってます？」

「誰かと比べる……ってのはあまり好きじゃないけどな」

ぼかした言い方だが、その言葉は肯定の意味であった。

ローラは今度はあからさまに肩を落とした。

「はぁ……わかりました」

「一体なんなんだよ」

「いえ、個人的な質問ですので。女子トークは年配の方には理解しづらいものです」

「今の、女子トークなのか？　ってかまだ年配呼ばわりされる謂《いわ》れはねーぞ」

「ジョークです。場が温まったでしょう？」

「いや別に……」

無表情でそう言われても、ドルトにはそれしか返す言葉が見つからなかった。

「まぁいいです。話し相手、ありがとうございました。もう目的地ですので」

ちらりとローラが見上げる先には、一輪の青い花が咲いていた。

青い花、ドルトはそれに見覚えがある。

部屋に飾られた絵に描かれていたユリ科の植物。

他所《よそ》では見たことのない花。

「何の花だ？　綺麗《きれい》な花だが」

「アルトレオの国花、飛竜花です。来賓が来られるので採りに来ました」

飛竜花は崖《がけ》の所々、出張った部分に点々と咲いていた。

花びらはこちらを向き、釣鐘のように垂れている。

風に吹かれて揺れるたび、鈴を思わせる美しい音が響く。

「この音は……？」

「上空から吹く強い風が花弁を揺らし、音を奏でています。その音が飛竜の鳴く音に似ているので、飛竜花と名がつきました。ちなみにこの景色はアルトレオ名景色百選に選ばれており、旅本にも……ほら」

ローラがどこからか取り出した本には、確かにその旨が書かれていた。

「飛竜花はこの山にしか咲かず、崖にしか咲かない性質のため数も少ないのです。乱獲をされぬよう、採取を制限されていますのでこの場所は他言なさらぬよう」

「わかった」

「それでは、ドルトさん。お手伝いは結構ですので」

「おう、気をつけてな」

「はい、では」

ドルトはローラに別れを告げ、竜を引き連れ去っていく。

去っていこうとしたが、ローラがじっと見ていることに気づき、止まった。

「……何だ？」

「手伝いは、結構ですよ？」

「そうか……」

「はい」

振り向きかけたドルトを、ローラは、じーーーっと、見つめている。

何か言いたそうな顔で。そして何が言いたいのかはドルトには嫌でもわかっていた。

ドルトは観念したようにため息を吐《つ》いた。

「……で、何を手伝えばいいわけ？」

「手伝っていただけるのですか？」

「……まぁな」

頼みたいなら素直に頼めばいいものを。

ドルトはそう思い、竜を待たせてローラの元へ行く。

「んで、どうすりゃいいのさ」

「あそこの花を採りたいのですが、背が届かなくて」

「ふむ……26号！」

「ガァウ！」

ドルトが呼ぶと、26号がずしずしとやってきた。

それにドルトが跨《また》がる。

「よし、立ち上がれ」

「ガウ！」

ドルトの言葉に従い、26号は背筋を伸ばし直立で立ちあがった。

それに合わせてドルトは竜の肩の方へと移動し、立つ。

丁度肩車のような形になったドルトと竜を見て、ローラはパチパチと手を叩《たた》く。

「おお、すごいです」

「……っと。あまりバランスはよくないけどな……これを採ればいいのか?」

「はい。茎を切って花だけ摘んでください。そうすればまた生えて来ますので」

「了解」

ドルトは腰のナイフを取り出すと、飛竜花の茎を切ってローラへと投げ渡した。

花を採り終えたドルトは、肩車を解除し通常の姿勢に戻る。

「ほいよ。こんなもんか」

「はい。あと何か所かお願いできますか?」

「……ここまでくりゃあ、やってやるさ」

乗り掛かった舟である。

ドルトは竜に乗ったまま、のしのしと崖際を移動していく。

そして肩車をし、高所の飛竜花を採っていく。

「いやぁ、すごいですね。ドルトさん」

「なぁに。こいつがすごいのさ」

「ガルゥ!」

ドルトに褒められ、26号は嬉《うれ》しそうに鳴いた。

「ガルンモッサから付いてきた竜ですよね。確かにアルトレオの竜には出来ぬ芸当です……」

「まぁ、こいつは小さい頃から俺が面倒見てきたからな。色々芸も仕込んである」

「それに乗っていられるドルトさんも十分すごいと思いますが……」

陸竜は基本二足歩行で、走る時に独特の揺れが発生するので、騎乗は案外難しい。

この手の感覚は女性の方が優れている為《ため》、少なからず女性竜騎士というのは存在する。

それでも、女性だからと言って簡単なものではないのだ。

「私も初めの頃はよく転ばされていました。戦いとなれば無理な姿勢で乗ることもあります。それでも、こんな曲芸じみた真似《まね》はとても出来ません」

「ははは……そんなに言われると照れるな。あ、まさかおだてて働かせようって腹か？」

「……そういう事にしておきましょうか」

ぽつりと呟《つぶや》くローラであった。

その両手には、飛竜花が着実に増えていた。

「まだ採らないといけないのか？」

「ええ、まだちょっと足りないかも。あそこのは採れますか？」

ローラの指さした先は、今までの崖より更に高い場所。

そこには飛竜花が束になって咲いている。

それを見たドルトは難しそうな顔をした。

「流石に届きそうにないな……かといって他のところは採り尽くしてしまったし」

ドルトの手が届く範囲の飛竜花は全て摘んだ後である。

この付近にはもう、飛竜花は見当たらなかった。

「困りましたね……」

「どうしても必要なのか？」

「これだけだとちょっと寂しいです。あそこにある分が足されれば丁度いいのですが」

「んーまぁでも無理だろう。もう一段肩車でもすればいけるかもしれんがなぁ」

「……なるほど」

ドルトの言葉にローラは頷《うなず》いた。

ドルトは嫌な予感がした。

「それ、いいですね。ドルトさん、私を肩車してください」

「マジか……」

「マジです」

ローラの目は本気《マジ》そのものであった。

仕事で来ているのだろうし、拒否するのも気が引けたドルトは仕方なく頷いた。

「わかったが……落ちても文句言うなよ。あと、絶対に暴れるな」

「大丈夫です。あなたが変な事をしない限りは暴れたりしませんから」

「しねーよ。……じゃあ、ほい」

「失礼します」

ドルトが腰を下ろすとローラはそれに遠慮なく跨った。

そこへ、竜が首を下ろしドルトが乗る。

「頼むぞ、26号」

「ギャウ！」

竜は鳴き声を上げると、先ほどよりも慎重に立ち上がる。

ドルトがそうさせているのだ。

緊張したローラが股《また》を締め、ドルトはぐえと声を漏らした。

「大丈夫、です」

「よし、じゃあ立つぞ」

ドルトはそう言うと、ゆっくり竜の肩に立つ。

竜、人、人、の三段肩車。

頂上のローラは無意識のうちに、先ほどよりも強くドルトの首を絞める。

ドルトはそれに耐えていた。

「……届きそうか？」

「た、ぶん。……もう少し右へ移動してください」

「26号、ゆっくりとな」

「ガゥゥ」

指示通り、26号は少しだけ動いた。

ローラの手が飛竜花に触れた。

必死で手を伸ばすローラの下でバランスを保ちながら26号を操り、ようやく一本の飛竜花を摘んだ。

「届きました。何とか」

「よし、その調子でいくぞ」

程よい距離につけた事で、ローラはちょきちょきと飛竜花を摘んでいく。

あっという間に両手で抱える程の飛竜花を摘み終えた。

「ふぅ、こんなもので大丈夫。ありがとう」

「どういたしました……じゃあ降ろすぞ」

「……あ」

その時、ぐらりとローラの身体《からだ》が風で揺らぐ。

それを支えようと、ドルトのバランスも崩れた。

「ひゃっ⁉」

小さな悲鳴と共に、二人は大きく体勢を崩した。

何とか堪えようとするドルトだが、すぐに限界は訪れる。

二人は地面に向けて真っ逆さまだ。

三段肩車はかなりの高さである。

ローラは目を瞑《つぶ》り、衝撃に堪えるべく身体を縮こまらせた。

「……？」

が、ローラに痛みはなかった。

恐る恐る目を開けると、ドルトに身体を抱きかかえられていた。

そしてドルトは、襟首を26号に咥《くわ》えさせていた。

「ふう、危ない危ない。ありがとな、26号」

「ガウッ！」

「あ、バカ」

26号が吠《ほ》えると、その拍子に咥えていたドルトの襟首を放した。

どすん、と二人は草むらに投げ出される。

「あてて……すみません、ぐらついちゃって」

「気にするな」

ドルトが差し出した手を、ローラは取って立ち上がる。

ぽん、ぽんとズボンに付いた汚れを払うローラを見て、ドルトは安堵《あんど》した。

「何にしろ、怪我《けが》をしなくてよかったよ」

「ありがとうございます。意外と優しいですね」

「意外とって失礼だな……まぁお前らみたいなのはなんか、ほっとけないんだよ。妹みたいでな」

「妹……その言葉、あまり言わない方がいいですよ」

「何故《なぜ》だ？」

「何故でもです」

何故ローラに睨《にら》まれたのか、ドルトにはよくわからなかった。

「それでは今度こそ、さようなら」

「おう」

「最後に一つ、聞いていいですか？」

「なんだい？」

「ミレーナ様のことも、妹みたいって思ってます？」

「……内緒な」

しー、とドルトが人差し指を立てるのを見て、ローラはくすりと笑った。

ドルトが竜を引き連れて行くのを、ローラは見送る。

「ふーん。妹ね。かきかきかき、と」

ローラは何かしら手帳に書き込んでいく。

それを懐にしまうと、竜に跨り城へ戻るのだった。

◆

――――その日の夜、セーラとローラの部屋。

「あー、今日も疲れたー！」

ばふんとベッドにダイブするセーラの横で、ローラは手帳をパラパラとめくり何かを書き込んでいる。

二人は大体、風呂《ふろ》から上がればこんな感じである。

「ねーローラ、聞いてよ聞いてよー。今日おっさんがさー」

ごろごろしながらセーラがドルトの事を語り始めるのも、だ。

すごく楽しそうに、長々と、セーラはドルトの事を語る。

それをローラは聞きながら、時々相槌《あいづち》を打っていた。

「ね！　あのおっさんてば、作物の収穫時期も知らないのよ？　ウケるよねー！」

「セーラ」

「なぁに？　ローラ」

聞き手に回るセーラに、ローラは手帳をぺらりとめくり、言った。

「今日、ドルトさんと飛竜花採りに行ってきたわ」

「っ⁉」

その言葉を聞いて、セーラはあからさまに動揺した。

「へ、へぇ～……そうなんだ～……」

「わかりやすいわね。面白そうだったから話を聞きに行っただけよ」

「一体何を？」

「あなたの事をどう思ってるか、とか」

「ぶっっ‼」

セーラはその言葉に思い切り噴き出した。

何度もせき込みながら、涙目でローラの方に向き直る。

「なにそれ⁉　どういうことよ！」

「聞いての通り。ただのインタビュー」

「ろ、ローラって案外暇人なのね……」

呆《あき》れるセーラに、ローラはマイペースに続ける。

「えーと……ぱらぱらぱら、と。これだ『元気、方言、面白い、怖い、赤髪、おバカ』……」

「誰がおバカじゃい！」

「方言方言、あとは――――『一生懸命ないい子』、とか」

「……っ！　へ、へー……あっそ」

その言葉に少しだけ、セーラが頬を赤く染めるのをローラは見逃さなかった。

ローラは口元を歪《ゆが》めながら、セーラの耳元に口を近づけ、囁《ささや》く。

「意外とチャンス、あるかもよ？」

「はぁっ⁉　一体何の話してるのよ⁉　ローラ」

「さて、何かしらね。もう寝るわセーラ、おやすみ」

「あーっ！　逃げないでよっ！」

女二人でも姦《かしま》しい、そんなセーラとローラの夜は更けていくのだった。

◆

仕事を終えたドルトとケイトは竜舎で酒盛りをしていた。

竜に関する情報交換をしながら、時折二人はこんな風に楽しく飲んでいた。

「ありー？　お酒切れちゃったなー」

真っ赤な顔でケイトは、手にした酒瓶を軽く振るう。

覗《のぞ》き込んだり逆さにして振ったりしてみたが、中からは雫《しずく》が一つ二つ出てきただけだった。

それを見たドルトは、席を立つ。

「買ってこようか。今の時間ならまだ酒場が開いているだろう」

「おー！　ありがとドルトくんー！」

「ケイトは竜を見ててくれ。何かあった時の為にな」

「はーい。気をつけてねー」

ドルトは親指を立てて返し、夜の街に足を向けるのだった。

◆

門番に挨拶《あいさつ》をして街へ繰り出すと、夜だというのに人がちらほらと見える。

仕事帰りでこれから飲みにでも行くのだろうか、皆楽しげであった。

「アルトレオは夜でも治安がいいんだな」

ドルトは感心したように呟《つぶや》く。

ガルンモッサでは夜の街を歩くのは非常に危険であった。

職にあぶれた者たちが追《お》い剥《は》ぎもどきの事をしているのだ。

裏路地にでも入れば、腹をすかせた荒くれ者がたむろしている。

ドルトがたまに街に降りた時には、よくケンカを見かけていた。

「おっ、ここだな」

そうこうしているうちにドルトは酒場に辿《たど》り着《つ》く。

開き戸を開けて中に入ると、中では酔っ払いたちがわいわいと騒いでいた。

ドルトはそれを一瞥《いちべつ》すると、真《ま》っ直《す》ぐカウンターへ歩いて行く。

「親父、酒をくれ」

「あいよ。どれにする？」

「おすすめで」

ドルトが告げると、店主は奥に引っ込んでいった。それを座って待つ。

酒に疎いドルトとしては、飲めれば、酔えれば何でもよかった。

「それにしても騒がしいな」

見れば騒ぎの中心では、腕相撲大会が行われていた。

筋骨隆々の男が二人、酒樽《さかだる》の上で腕を組み合わせていた。

丁度決着が着くところだった。

「ぬぅん！」

どん！　と重い音がして片方の男が右手を叩《たた》きつけられた。

喝采《かっさい》が巻き起こり、禿頭《はげあたま》の男が勝ち誇るように両腕を上げた。

ドルトはふと、団長と腕相撲をしていた時のことを思い出していた。

（めちゃくちゃ強くて、一度も勝ったことなかったっけ……元気してるかなぁ）

思い出に耽《ふけ》るドルトと、禿頭の男の目が合う。

禿頭の男はドルトをじっくりと見た後、ニヤリと笑った。

「おっ、アンタ中々いい身体してるじゃねぇか。どうだい。いっちょやってみねぇか？」

禿頭の男は挑発するかのように片肘《かたひじ》を酒樽の上に突いた。

あまり乗り気でないドルトを見て、更に続ける。

「俺に勝てたらこの酒樽を丸ごとくれてやるぜ」

「……ほう」

その言葉を聞いてドルトは椅子から立ち上がると、禿頭の男の前に向かい立つ。

ドルトは酒樽の上に腕を置き、禿頭の男とがっちりと組んだ。

ゆらりと、熱気が二人の周囲を揺らした。

腕の太さは禿頭の男の方が一回り上、にもかかわらずドルトは平静そのものだった。

「酒樽ごとくれるとは、何とも太っ腹な事だな」

「へっ、そういう言葉は勝ってから言うもんだぜ」

禿頭の男がニヤリと笑って言う。ドルトも同様に笑って返した。

それ以上、二人は何も言わず全身に力を込める。

背筋は隆起し、上腕二頭筋はぴくぴくと痙攣《けいれん》していた。

左手でがっちりと酒樽を掴《つか》み、しっかりと腰を落とす。

「合図してくれ」

禿頭の男が言った。

じっと睨み合う二人の真ん中で、ギャラリーの一人が片手を上げた。

「レディ…………ゴッ！」

ずがごん！　と、合図と同時に激しい音が鳴り響く。

酒樽に叩きつけられたのは禿頭の男の右腕。

男の右腕からは肉と骨の軋《きし》む音が鳴り、肉離れでも起こしたかのように筋肉の位置がおかしくなっていた。

衝撃で蓋《ふた》は割れ、二人の腕は酒樽の中に沈んでいた。

その場にいた全員が、何が起きたか理解できず呆《ほう》けた顔をしていた。

「あ……が……ッ！」

禿頭の男が苦悶《くもん》の声を上げ、ようやく時間が動き出す。

ドルトはしまったと慌てて男の手を上げた。

力なくぶら下がる男の右腕は、歪《いびつ》な方向に曲がっていた。

「……すまん。大丈夫か」

「ぎゃあああああ！　い、いでぇぇぇぇぇっ⁉」

謝罪するドルトに言葉は帰ってこなかった。

禿頭の男はしばらく痛みでのたうち回っていた。

「……えーと、よかったのかな。これ貰《もら》っちまって」

酒場を出たドルトは、肩に酒樽を担いでいた。

道行く人の誰もがぎょっとした顔をしていた。

◆

あの後、禿頭の男は病院に運ばれていった。

割とひどめの肉離れを起こしたそうで、数日安静にする必要があるとの事だった。

とはいえ、別段大きなけがというわけでもないらしい。

安堵《あんど》するドルトに、酒場の主人が酒樽を渡した。

どうやらあの男、悪酔いしては客に絡んでしょっちゅう大けがをさせていたそうだ。

出入り禁止にしようかと思っていたところだったので、助かったとかなんとか。

「それにしても団長はやっぱり強かったんだなぁ」

今度からは少し手加減をしよう、とドルトは誓うのだった。

なお、竜舎に戻るとケイトは寝てしまっていた。

「全く、人に買って来いって言っておきながらよ」

ドルトはそうひとりごちると、酒樽から一杯汲《く》んで、飲み干す。

独特の優しい風味を持つアルトレオの地酒を楽しみながらドルトは息を漏らした。

「……アルトレオか、良い国だな」

いい人ばかりだし、飯も酒も美味《うま》い。

――来てよかった。ドルトはそう噛《か》みしめながら、酒樽の酒をちびちびと飲みつつ夜を過ごした。

第五章——王女様、怒る

ドルトとセーラが畑の草抜きをしていた時である。

「きゅーーーーっ!」

頭上で何かが鳴く音が聞こえた。

ドルトとセーラが空を見上げると、丁度風が吹き、白い雲が風に流されて太陽を横切った。

逆光で隠れていた何かの姿が見えるようになった。

影は小さく、翼が生えていた。

「小飛竜だ」

「きゅーーーい!」

ドルトが気づいたのとほぼ同時に、小飛竜《108号》は鳴き声をあげた。

そしてまっすぐ、ドルトの元へと降りてくる。

「おー! お前、108号じゃないか。久しぶりだな」

「きゅい、きゅーい!」

高い声で鳴くと、108号はドルトに擦り寄る。

「あら可愛《かわい》い。小飛竜ね。どこから来たのかしら」

セーラの言葉は普段のものに戻っていた。

「こいつもガルンモッサのだ。まさかお前まで逃げて来たんじゃないだろうな……」

「きゅい！」

拒否するように鳴くと、108号は首元をドルトへと突き出す。

そこには丸めた書状が括《くく》り付けられていた。

「おっ、手紙だ。俺宛《あて》か？」

「いやいや、んなわけないでしょ。王印が押されてるわよ？　ミレーナ様宛じゃない？」

「ふむ、それもそうか。じゃあセーラ、持って行ってもらえるか？」

「わかったわ。あ、それまでに雑草を全部抜いておくのよっ！」

「へいへい」

そう言うとドルトはまた、畑にしゃがみ込むのだった。

◆

「ミレーナ様、お勉強中失礼いたします。ガルンモッサ王から書状が届いていますが」

セーラの言葉に、本を読んでいたミレーナはあからさまにげんなりした顔をした。

「……まさかまた竜を売れと言う話じゃあないでしょうね」

「かもしれませんよ？」

「はぁ、こう度々ではさすがに断らなければ……ん？」

その書状を見て、ミレーナは気づいた。

いつもと書状の様式が違うのだ。

普段の書状には華美な装飾が施されているが、これは幾分か質素だ。

それに、持ってくる相手が違う。

いつもの小飛竜は城に直接飛んでくる為、大抵はメイドが届けてくれていたのだが、今回はセーラだ。

「セーラ、これをどこで？」

「おっさ……ドルト殿と畑仕事をしている時に、小飛竜が来たのですよ」

「ふむ……？」

ドルトに懐いた小飛竜だったから、そこへ行ったのだろうか？

そう考えられなくもなかったが、それも不自然に思われた。

考え込むミレーナだが、答えは出ない。

「では私はドルト殿の畑仕事を見ねばなりませんのでこれで！」

「ええ、しっかりと」

「はーい」

元気よく走り去っていくセーラを見送ると、ミレーナは書状を開いた。

白無地の簡素な紙に、王が達筆、かつ雄大に文字を躍らせていた。

――――竜師、タルト＝イェーガーよ。

勅命である！　今すぐに城へと戻り、竜師として働くのだ。

畑仕事などしている暇はないぞ。

本来は解雇した者に直接声をかける事などありえぬが、今回は特別だ。感謝するといい。

もう一つ、いい知らせがある。貴様の給金を以前の一割増しにしてやる。

我が寛大さに、光栄に思ったであろう！　では身を粉にして働くが良い。

貴様の帰還を待っておる。


……書状にはそう書かれていた。

読み終えたミレーナは、そのあまりにあまりな文章にフラリとよろめいた。

何とか机に手を突いて身体《からだ》を支える。

書状を持つミレーナの手は、ぷるぷると震えていた。

大きく息を吸って、吐いた。

「一度やめさせておいてなんですかこの上からの物言いは⁉　身勝手にもほどがありましょう！　畑仕事などしている暇はない⁉　何を好もうとドルト殿の勝手でしょうが！　そんな言い方で感謝など！　どのような者でもするはずがありません！　しかも給金一割増し⁉　はっ！　私は三倍は出しています！　大体この文章のどこに寛大さがあるのですか⁉　光栄になど思うはずがない！　身を粉にするはずがありません！　大体タルトって誰ですかッッッ‼」

全力でツッコミを入れ終えたミレーナは、ぜぇはぁと息をする。

怒りで握りしめた書状は、くしゃくしゃになっていた。

胸に手を当て、呼吸を整える。

冷静さを取り戻したミレーナは、未だ震える手で書状を伸ばす。

書状は少し、破れかけていた。

あまりに無礼極まる書状ではあるが、これはドルト宛のものだ。

彼に渡さねばならない。

「……でも、もしドルト殿が帰りたいと言ったら……」

ミレーナは自身の呟《つぶや》きに唇を噛んだ。

こんな無茶な王でも、ドルトにとっては長い間世話になった国である。

もしかしたら元いた国に戻りたい……そんなことを言う可能性も、ミレーナには否定できなかった。

「いっそ燃やしてしまおうかしら……いや、流石《さすが》にそんなことをすれば問題になるわね」

仮にも王印の押された書状、それを無視したとなるとドルトの立場が危ういかもしれない。

ミレーナは迷いに迷った挙句、書状を持ち、部屋を出た。

◆

そして、ドルトのいる畑へ足を運ぶ。

突然の来訪者にドルトもセーラも、手を止めて向き直った。

「ミレーナ様！　どうかなさいましたか？」

「……」

が、当のミレーナは何とも言えぬ表情のまま、無言である。

何か言いたそうで、でも言えない……そんな感じの。

長い沈黙に耐え切れず、ドルトが問う。

「えーと、何か用ですか？　ミレーナ様」

「あ……そ、そうですね！　えーと、その……」

口ごもりながらも、覚悟を決めたミレーナは後ろ手に持っていた書状を差し出す。

「ど、ドルト殿、これを……！」

それは先刻、セーラが持って行ったものだった。

何故かところどころシワが出来ており、破れた跡もあった。

「これは……ミレーナ様宛ではないのですか？」

「ドルト殿にです。ガルンモッサ王直々に」

「王様が⁉　俺なんかにですか⁉」

「ええ、あまり愉快な内容ではないかもしれませんが。少なくとも、私には」

「はぁ……よくわかりませんが、読んでみますね」

書状を渡され、ドルトはそれに目を通す。

時々目を細めたり、眉《まゆ》を顰《ひそ》めたりしながら。

その様子をミレーナは息を呑《の》み、見守っていた。

何度か読み直した後、ドルトは額を押さえて首を振り、そして深いため息を吐《つ》いた。

「……ミレーナ様、一つ確認してよろしいでしょうか？」

「は、はい」

ミレーナの声のトーンが、一段上がった。

「私はもうこの国の竜師となったのですよね」

「もちろんです！」

もう一段、高く。

「でしたら他国の王の要請に従う必要もない」

「当然です！　当然ですとも！」

ドルトの言葉に、ミレーナはこくこくと頷《うなず》く。

それを見てドルトは破顔した。

「よかった。それではこの誘い、断っても問題ないですね？」

「ええ！　はい！」

ドルトとて、二度と帰らぬと覚悟してガルンモッサを出た身である。

ガルンモッサには友人や信頼できる人間もいたが、嫌な人間の方がはるかに多かった。

最初から頼まれても戻るつもりはなかったが、こんな文書を見せられてはドルトでなくともげんなりするものである。

書状を読んだことで、ドルトのガルンモッサへの未練は完全になくなっていた。

「まぁでも、返事くらいは書いておきましょうか？　無視は流石に、ね？」

「そうですね。何度も書状を出されても迷惑ですし。あの子にも」

「くぁぁぁぁ……」

畑の傍の木で、108号が大きなあくびをした。

◆

その後ドルトは返事を書いた後、108号の首に取り付けガルンモッサへと返した。

返事には「謹んでお断りします」と、一文だけ書き記していた。

飛び立つ108号を見送りながら、ドルトは呟く。

「面倒ごとが起こらなければいいですが」

「大丈夫です！　ドルト殿は私が守りますから！　一生涯を賭《か》けて、ですよ。えぇ！」

隣にいたミレーナが、誇らしく胸を叩《たた》いた。

あまりにも勇ましい言葉であった。

「ありがとうございます。ミレーナ様、お言葉、痛み入ります」

ドルトの言葉に、ミレーナは慌てて言葉を繕う。

「べ、別に国民を守るのは王女としての責務ですので⁉　何もおかしなことはありません！　……少々、はしたなかったですか？」

先ほどの勇ましさはどこへやら。

弱々しく問うミレーナに、ドルトは笑って返した。

「いえ、頼もしい限りです」

「……っ！」

ミレーナが赤くなるのを見て、ドルトはまた苦笑するのだった。

空を見上げると、抜けるような蒼穹《そうきゅう》が広がっていた。

青い山と白い雲に彩られた美しい景色に目を奪われていると、いつの間にか108号の姿は見えなくなっていた。

◆

「な、なんじゃこれは……！」

ドルトの返事を見て、ガルンモッサ王は怒りに震えていた。

王の怒りを見て手紙を渡した団長は、その結果を察した。

「あの男……たかが竜師の分際で、王の勅命に逆らうとは！　何故《なぜ》じゃ！」

――それは国を出たからではないでしょうか、と団長は内心で呟く。

既に国を出た者に勅命など通るはずもない。

なにせドルトはもう国民ですらないのだ。

どこかの王の勅命など、破って捨てても咎《とが》めはあろうはずもない。

むしろ返事をするだけまともなくらいだが、今まで無条件に傅《かしず》かれ、敬われ、どんな命令でも喜んで受ける者たちに囲まれ生きてきた王には、そんな理屈が通用するはずはなかった。

「……む」

「如何なされましたか」

「これは……どういうことじゃ。この手紙、アルトレオからのものじゃぞ？」

「は、そういえば伝達の小飛竜はドルトの故郷ではなく、アルトレオの方から飛んで来ましたが……」

「この手紙、ミレーナ王女と同じものが使われておる。紙質も、封筒も……うむ、間違いない！」

言われてみれば確かに、であった。

その洞察力を他の事に使えないのかと呆《あき》れる団長だったが、ふと思い返すと心当たりはあった。

以前、アルトレオの王女と少し話した時に随分ドルトに入れ込んでいたのだ。

丁度解雇した日、ミレーナ一行はガルンモッサに来ていたし、偶然その話を知れば雇い入れた可能性は十分にある、と。

「おのれーっ！　ふざけおって！　許さんぞあの男！　アルトレオに寝返ったのか！」

真っ赤な顔で憤慨し、当たり散らすガルンモッサ王。

別に寝返ったわけではないのだが、と団長はため息を吐いた。

（それにしてもドルトがアルトレオに行ったとは……つまり最高の竜産国が最高の竜師を手に入れたという事になるのか）

ドルトの竜師としての腕前は、団長が知る限りでは最高のものだ。

およそ人とは思えぬ程の竜への理解力。そんなドルトがアルトレオに行ったとなると――

団長の背筋がぞわりと粟《あわ》立つ。

これはもしや、恐ろしい事が起きているのではないかと。

そんな予感を感じつつあった。

（現状のアルトレオは大した国ではない。だがこれからは注意すべきかもしれないな……それに比べて……）

団長は憤慨する王を見て、大きなため息を吐いた。

◆

「全く！　本当にとんでもない話です！　そう思いませんかドルト殿！」

「ははは……」

ぷんすかと怒るミレーナのすぐそばで、ドルトは畑仕事をしていた。

ガルンモッサに書状を返して数日、ミレーナはずっとこんな感じであった。

あの文書が相当頭に来たらしい。

別に普段からあんな扱いだったドルトとしては別段腹も立たなかったが、自分の為に怒ってくれているのだと思うと少し嬉《うれ》しかった。

「ありがとうございます。ミレーナ様」

「何がですか？」

「その、いろいろと」

そう言ってはにかむドルトに見つめられ、ミレーナはみるみる顔を赤くする。

「う……べ、別に国民を馬鹿にされたら怒るのは当然ですから！」

「そう言えて、行動に移せるミレーナ様は本当に立派です」

「そんなことはありません！　普通です、普通！　ごく一般的な王族ですわ」

王侯貴族自体一般的ではない気がしたが、ドルトはそれ以上突っ込まなかった。

◆

「お、芽が出てるぞ！」

朝、ドルトが畑を見に来ると、ぴょこんと柔らかな緑が黒土から顔を出していた。

おっかなびっくりで触れてみると、芽は朝露を煌《きら》めかせてドルトの指を冷たく濡《ぬ》らした。

「おおー、他にも出てるな！」

等間隔で埋めた箇所からはちらほらと芽が、土をかきわけ顔を出そうとしていた。

ドルトは満足そうに、それを見ていた。

「ふぁぁぁぁ、おはよう～……」

あくびをしながらドルトに声をかけたのはセーラだ。

午前中は畑に出て、ドルトに農作業を教えることになっている。

セーラを見つけたドルトは、興奮冷めやらぬといった様子で駆け寄り肩を掴《つか》んだ。

「ひゃっ⁉」

全く意識していなかった所への不意打ちに、セーラの口から変な声が漏れた。

「見てくれセーラ！　ほら、ジャガイモの芽が出たんだよ！　あそこだ、ほら見てくれ」

「う、うん。すごいすごい」

と、それとなく返すセーラの顔は、ほんのり赤く染まっていた。

硬直するセーラに気付き、ドルトは手を放す。

「おっとすまん。つい興奮しちゃってな」

「いいいわよ別に」

一文字ほど「い」が多かったが、ともあれセーラはごほんと咳払《せきばら》いをした。

「それより芽が出たら、周りに雑草が生えないように畑に袋を被《かぶ》せないといけないわ」

「ほう、確かにジャガイモ以外にも、雑草が生えかけているな」

「でしょう？　他にも保温や虫よけの効果もあるのよ。街へ買いに行きましょうか」

「おう！　ならいっしょに行こうか」

「そうね。そろそろ市場も開く頃だし」

話がまとまり、二人は街へ繰り出すのだった。

◆

アルトレオ城下町の市場は、まだ朝も早いのに多くの人で賑《にぎ》わっていた。

ドルトは珍しそうに辺りを見渡している。

「ここがアルトレオの市場か。流石にガルンモッサよりは小さいけど、結構栄えてるなー。おっ、あれはなんだろう」

ドルトの視線の先、何やら人混みが出来ていた。

セーラもひょいと覗《のぞ》き込む。

「あぁ、ミレーナ様が来てるのよ」

「ミレーナ様が？」

「うん、たまにあんな感じで街に降りて来ては人々の暮らしを見ているのよね。民の生活を一番知る方法は、街に降りてみる事である……ってさ。口では簡単に言えるけど、行動に移せるのは中々出来る事じゃないわ。勉強熱心な方よ。ホント」

ドルトが注視すると、人混みの隙間からは確かにミレーナの姿が見えた。

「ミレーナ様、うちで採れたリンゴです。食べてみてください」

「まぁ、ありがとうございます！　とっても赤いリンゴですね」

「なにおう！　ミレーナ様！　うちのリンゴの方が赤くて美味《うま》いですぞ！」

「いやいや、うちの方が！　是非是非こちらをお持ちください！」

「え、えと。全部頂きますので……」

困り顔のミレーナの前に、ずいずいと無数のリンゴが並べられる。

ミレーナはそれを一つずつ丁寧に受け取っていた。

◆

「随分慕われてるんだな。ガルンモッサの王様とはえらい違いだ」

ガルンモッサでも、王が街へ出る時はあった。

その間、民は平伏し、顔を上げることは許されない。

街中で王の悪い噂《うわさ》が飛び交っているのは、殆《ほとん》ど城にいるドルトにもよく聞こえて来た。

「ふふん、まぁね。というか比べること自体失礼よ！」

セーラは自分の事を褒められたかのように、胸を張る。

民にも兵にも慕われているのだなと、ドルトは思った。

「しかし、あの人王女様だろう？　いくら慕われてるとは言え、あんな風に庶民と接してて大丈夫なのか？　襲われたりとか」

「まぁいつもは私やローラが付いてるしね。それにえーさんが影ながら見守ってるらしいわよ？」

「ん？　そうなのか？」

ドルトが再びミレーナを見るが、周りにはローラしか見えない。

メイドAの姿は影も形も見当たらなかった。

「……見当たらないが」

「影ながら、って言ったでしょ。普段は隠れてるのよ。メイドたるもの呼ばれればすぐはせ参じるべし……とか言ってたっけ。メイドの嗜《たしな》みなんですって」

「どんなメイドだよ……」

「さあ、あの人変わってるから……ほら。早く行きましょう。こっちよ」

「ちょ、引っ張るなっての」

ドルトの腕を掴《つか》み、セーラはずんずんと進んでいく。

袋を売っているのは農業エリアの更に片隅。

足早に進むセーラに、野菜売りのおばさんが気づいた。

「おやセーラちゃん、デートかい？」

「ぶーーーーーっ！！？？」

声をかけられセーラは盛大に噴き出した。

咳《せ》き込みながらも全力で反論する。

「な、なわけないしっ！　だだだ、だれがデートよっ！　ただの買い物ですからっ！」

「あら、買い物って言ったら立派なデートよ。それに腕まで組んで、仲よさそうじゃない。あらあらまぁまぁ、意外と年上好みなのねー」

「これはそのっ！　おっさんが遅すぎるから……！」

慌ててセーラはドルトの腕を離した。

からかわれてるだけなのに、そんなに真っ赤にならんでもとドルトは思った。

そして、そこまで恥ずかしいのかとちょっとショックを受けた。

「あらあら恥ずかしがっちゃって。ねぇちょっと聞いてお兄さん。この子、毎日毎日馬鹿みたいに竜に乗っては槍振り回して、訓練ばっかりで男の一人も作らない、真面目にもほどがある子なのよ。故郷にいる家族に楽させてあげたいってね、いい子なのよ。本当よ？　だからよろしくしてあげてね」

「おばちゃんっ‼」

「ははは……」

早口でまくし立てるおばさんに、真っ赤な顔をして言い返すセーラ。

それを見て、ドルトは乾いた笑いを返すのだった。

ともあれ、二人はジャガイモ畑を包む麻袋を買い終えた。

大きな麻袋を抱え、往来の外れを行く。

さっきからかわれたのを気にしているのか、いつもうるさいくらいのセーラが珍しく無言だった。

あまりの気まずさに、ドルトは思わず声をかける。

「えーと、セーラ？　おばさんてのは大抵あんなもんだって。気にすんなよ」

「誰が！　気になんてしてないしっ！」

「ならいいけどよ」

「言っとくけど、こうして付き合ってるのはミレーナ様がおっさんを雇う為の条件なわけで、仕方なくなんだからねっ！　勘違いしないでよっ！」

「へいへい、知っていますよ」

「なら、いいけど……」

そう言ってまた、押し黙るセーラ。

年頃の女子というのは面倒くさいなとドルトはため息を吐いた。

◆

「おい、セーラ！　ちょっと待てよ」

突然の声に二人が振り向くと、男が立っていた。

年齢は二十前後だろうか、金色の髪をピンと逆立たせ、小綺麗《こぎれい》な格好をしている。腰に差したショートソードに革装備《レザースタイル》。所謂傭兵《いわゆるようへい》風の格好であった。

男はどうやら怒っているようだった。

「お前、俺の誘いを断ったのは他に男がいるからか⁉」

ドルトとセーラは顔を見合わせ、首を傾《かし》げた。

「はぁ？　なんなのアンタ」

「と、とぼけるな！　三日前にお前、俺が飲みに誘ってやったのに断りやがったじゃねぇか！」

「……んー、何の話だっけ？」

「とぼけるんじゃねぇ！　夕方！　この少し先の飲み屋の近くで！　俺が声をかけただろうが！」

「……あぁ、そういえばそんなことあったかも」

「だろうが！　許せねぇ！」

声を荒らげる男を無視して、セーラはドルトに話しかける。

「断ってもしつこくついてきたから、走って逃げたのよ。ぶん殴ってやろうかと思ったけど、これでも私は民を守る騎士だからね。その騎士が民を殴ったりなんかしたら問題になるから」

「あーそれは災難だったなぁ」

「てめぇら！　無視するんじゃねぇ！」

喚《わめ》く男にセーラは構わず背を向ける。

「なんだかわかんないけど、とっとと消えなさいな。あとこのおっさんとは何でもないから。……行こ、おっさん」

「おっさんじゃねぇよバカ」

「待てよ！」

男は慌ててドルトの前に回り込む。

そのどこかいやらしい顔に、セーラは眉《まゆ》を顰《ひそ》めた。

「……だったらこんなおっさん放っておいて、俺と付き合えよ。いい店知ってるんだよ！」

「何で？　忙しいのよ私たち。これ運んでるのが見えないわけ？」

「いいじゃねぇか。そんな事、おっさんにやらせとけばよ！」

「……いいかげんにしなさいよね」

セーラの声に苛立《いらだ》ちが混じり始める。

それにも構わず男が近づこうとした時である。

「が……ッ!?」

男が短く悲鳴をあげた。

ドルトが男の腕を掴み、捻《ねじ》りあげたのだ。

男の細腕からは、ぎしぎしと腕の軋《きし》む音が鳴っている。

竜と毎日格闘し、自然と鍛え上げられたドルトの腕は男よりひと回り以上太かった。

「お前におっさん呼ばわりされる謂《いわ》れはねぇ」

低い声でそう言うと、ドルトは男の腕を更に捻り上げる。

「ぎ、ぎゃあああああっ!?　い、いでぇっ！　放せ！」

「じゃあすぐに消えると約束するか？」

「するっ！　するから！　頼む！」

それを聞いたドルトは男の腕を放した。

男の腕にはくっきりと、真っ赤な手形が付いていた。

一連の動作をセーラはぽかんとした顔で見ていた。

腕をさすりながら男はドルトを睨《にら》みつける。

が、それだけだった。

「お、お、憶《おぼ》えてやがれ！」

捨て台詞《ぜりふ》を吐いて逃げ出す男を、ドルトはため息を吐きながら見送る。

「全く、大変だなセーラ。あんな変な奴につきまとわれて」

「あ……うん……」

気の抜けた声で返事するセーラ。

どこか惚《ほう》けたような様子のセーラの額に、ドルトは手を置いた。

「……どうした？　熱でもあるのか？　顔赤いけど」

「な……！　べ、別に何もないわよ！」

「そうか？　……まぁそれならいいか。早く帰ろうぜ。畑が終わったら竜たちの世話もあるしな」

「ぁ……」

ドルトはそう言って麻袋を一人で抱え持つ。

逞《たくま》しいその背中を、呆然《ぼうぜん》と見ていたセーラだったが、すぐに駆け寄り麻袋の端を抱えた。

「あの、その……あ、あれくらいの相手、私でも勝てたから！」

「だろうな。だが騎士の立場から手を出しにくかったんだろ？　意外と堪《こら》え性《しょう》あるのな。やるじゃねぇか」

「は、はぁーっ⁉　当然よ！　ミレーナ様に迷惑はかけられないしね！」

「うんうん、だから少し手を貸したんだ」

ドルトは笑いながら言った。

その横顔をじっと見つめていたセーラだったが、すぐにブンブンと首を振った。

そしてしばし沈黙のあと、

「……ありがと」

「どういたしまして」

珍しくしおらしいセーラの言葉に、ドルトは背を向けたまま答えるのだった。

第六章――おっさん、仕事をする

「ドルト殿、少しよろしいでしょうか？」

竜舎で作業中のドルトに声をかけてきたのはミレーナだった。

普段は声をかけず嬉《うれ》しそうに見ているだけだったが、今日は何だか様子が違った。

すぐに作業をやめ、ミレーナの元へ駆け寄る。

「ミレーナ様、いかがなさいましたか？」

「実はこれからファームへ視察に行くので、ついて来てもらいたいのです」

「視察、ですか」

ドルトの言葉にミレーナは頷《うなず》いた。

「既にご存知かもしれませんが、竜産出国であるアルトレオでは広い国土に点々とファームがあります。今回行くところは新たに竜を育てる事になった新参ですので、ドルト殿にはその教育をお願いしたいなと思いまして」

「なるほど……了解です」

「それでは早速行きましょうか。……っと思いました、が……」

竜舎の中はがらんとしており、竜一頭たりともいなかった。

ドルトはその理由を説明する。

「あー、今は竜舎の大掃除中で、竜騎士団の人たちに乗っていってもらってたんですよねぇ」

「飛竜も……そういえば全部出していましたっけ」

「えぇ、タイミングの悪い事に」

「そうですか……いえ、構いません。でしたら馬で行きましょう。ファームはそこまで離れてはいませんし」

そう言って馬舎へと移動するミレーナに、ドルトもついて行く。

「馬で、ですか？　しかもミレーナ様と私だけでですか？」

「はい。城から近くですし、別に構わないのではないと思います」

あっけらかんと言い放つミレーナに、ドルトは呆《あき》れながらも言葉を返す。

「しかし一国の王女があまりにも……」

「構いませんよ。アルトレオは平和ですし、まぁこのくらいよくあることです。それにドルト殿がいれば恐れるものなど何もありません！」

「……ご期待に添えればよろしいのですが」

「添えますとも！　えぇ！」

嬉しそうにそう言って、ミレーナは馬に跨《また》がった。

「ドルト殿は馬は乗れますか？」

「えーと、多分」

「ではこちらにいらしてください」

結局二人は、馬でファームまで移動することにした。

◆

草原を二頭の馬が行く。

前を行く一頭にはミレーナが、そのかなり後ろをドルトの馬がついて来ていた。

ドルトの馬の足取りはヨタヨタとしておぼつかず、ミレーナも馬の速度を上げられずにいた。

「だ、大丈夫ですか？　ドルト殿」

「大丈夫……です……けれども、馬というのは……くっ、乗りにくい……」

何とか手綱を引きながら、馬を操ろうとするドルトだが、右往左往して中々まっすぐ進めないでいた。

ミレーナは速度を落とし、ドルトに並ぶと怪訝《けげん》な顔で尋ねる。

「ドルト殿はあれだけ見事に竜を乗りこなすのに、馬は苦手なのですね」

「っとと、の、乗れないことはないのですが……くっ」

竜に乗ることを考えれば、馬は誰でも乗れる難易度である。

ドルトの騎乗の腕前は、下手をすると初めて乗る子供くらいであった。

「……不思議な事もあるものです」

ミレーナの呟《つぶや》きは、必死なドルトには聞こえていなかった。

苦戦しながらも進んでいくドルトとミレーナ。

草原の先に、柵《さく》が幾つか立っているのが見えてきた。

その奥には小屋が並んでいる。

「着きましたよ。あれがファームです」

「おおおお……ようやくですか。やはり馬は苦手です……」

「お疲れ様です、ドルト殿」

◆

馬から降りた二人は小屋の扉を開いた。

竜舎の中ではやや線の細い青年が、一頭の陸竜に餌をやっていた。

ミレーナは中に入ると青年に声をかけた。

「こんにちは。第八ファームのヘイズさんですね。本日視察に参りました、ミレーナです。こちらは竜師として教育をしてくださる、ドルト殿です」

「よろしくお願いします」

ドルトはミレーナの言葉に続けて挨拶《あいさつ》をした。

ヘイズと呼ばれた青年は、二人を見るや目を輝かせて駆け寄った。

そしてドルトの手を取る。

「うわぁ！　あなたがあの、ドルトさんですか！　僕の名前はヘイズと申します！　王女殿下にも、わざわざご足労願えるとは思ってもみませんでした！」

「あの……って、また何か言ったんですか？　ミレーナ様」

「さ、さーて、別に何も言っていませんが……」

目を逸《そ》らすミレーナに、ドルトは冷たい視線を送る。

ヘイズはキラキラした目で、ドルトに顔を近づけた。

「ミレーナ様から色々伺っております！　大陸一の竜師、ガルンモッサの英雄、神竜すらも操る竜師だとっ！」

ヘイズの言葉を聞いてドルトは、再びミレーナに冷たい視線を送る。

ミレーナは目を逸らしたままだった。

言ってるじゃないですか、とドルトは小声で呟いた。

「僕、昔から生き物が大好きで！　実家ではいろんな生き物を飼っていたんですよ！　それで、竜師に憧《あこが》れてこの仕事についたんです！　ドルトさん！　ご教授、お願いいたします！」

「うーん、まぁ俺に教えられる範囲でな」

「はいっ！」

姿勢を正して声を上げるヘイズを見て、ドルトは嘆息する。

何せガルンモッサ時代にドルトが面倒を見た竜師見習いの中に、こんな好青年はいた事がなかった。

竜師になろうなどという人間は、グレて喧嘩《けんか》ばかりしていたり、休んでばかりでやる気がなかったり、会話すら成り立たないアホだったりと、いない方がマシレベルの人間ばかりだった。

たまにまともな人間も来るが、過酷な環境に耐えられずすぐにやめていったものだ。

それがアルトレオではこうもまともな人材が竜師という仕事についているのかと、ドルトは感心した。

「そうだな、まずは竜が表す感情というのを知っておこうか」

「感情……ですか」

「あぁ、竜はとても感情豊かな生き物だ。慣れれば何を言っているのかもわかるようになる」

「へぇえ！　やっぱりそうなんですね！」

「まぁな。とりあえず基本的なところからやっていこう」

そう言ってドルトは、竜の首をやさしく触った。

するりと、絡みつくような動きで竜の首を抱くと、そのまま顔を近づける。

竜はゴロゴロと喉《のど》を鳴らし、ドルトを興味深げにじっと見つめた。

「……こうやって喉を鳴らしているのは、興味を持っているという意味だ。視線を向けてきたらいい意味で、向けてこなかったら悪い意味だ。他にも嬉しい時は尻尾《しっぽ》を振る。機嫌が悪い時は首を伏せがちで、気分が乗らない時は引っ張ってもまっすぐ歩こうとしない。首を下げて威嚇するように鳴き出したら攻撃してくるかもしれないからくれぐれも注意しておけ」

「わかりました！　今ドルトさんには視線が向いてるからいい意味でってことですね！　流石《さすが》です！」

「まぁな。と言っても感情くらいは雰囲気でわかるだろう」

ドルトの言葉にヘイズは首を振る。

「いやぁあんまり……」

「そうなのか？　他の動物を飼っていたんだろう？」

「魚とか爬虫類《はちゆうるい》とか昆虫とか、そこらで捕まえた生き物を世話してる事が多かったので」

「なるほどな……というかもしかして、竜に乗った事すらないか？」

ドルトの問いに、ヘイズは顔を赤らめて答える。

「お恥ずかしながら……」

「恥ずかしがることはないさ。誰だって最初は初心者だ。一度乗ってみよう」

「わ、わかりました！」

緊張がちに返事をするヘイズを連れ、ドルトは竜を引いて外に出る。

広々とした牧場には草が敷き詰められていた。

ふかふかの草原でなら、落ちても大怪我《けが》はしない。

「では乗ってみな。手綱を引いて竜を座らせる。そして、鞍《くら》の取っ手を握って登るんだ」

「わかりました」

ドルトはヘイズに手綱を渡す。

言われるがままにヘイズは手綱を引いて竜を座らせた。

そして鞍を登り、竜に跨った。

「そうしたら、竜の腹を脚で蹴《け》る」

「け、蹴るんですか？」

「あぁ、心配しなくても竜は痛くない。それが進めの合図だ」

ヘイズが一度、竜の腹を軽く蹴った。

だが竜はびくともせず、目を瞑《つぶ》ったままである。

「もっと強くだ」

「む……わ、わかりました！　えいっ！」

今度は強めに蹴った。

竜はしぶしぶといった様子で、のろのろ歩き始める。

「わ！　動きました！」

「……何度も蹴れば速度が上がっていき走り始めるようになる。やってみな」

「はいっ！」

言われた通りにヘイズは何回か竜の腹を蹴る。

だが、竜は少し速度を上げただけだ。

走り出すまでは至らなかった。

「もっと速く、強くだ。遠慮しなくても竜の皮膚は分厚いから、お前の蹴りなんて痛くも痒《かゆ》くもねえよ」

「し、しかし、少し可哀想《かわいそう》ではないですか？」

「お前は竜師に憧れてるんだろ？　舐《な》められてたら、竜師は務まらねぇぞ。竜に舐められてるから、言う事聞かないんだよ。ほら、代わってみろ」

「はい……」

ヘイズを降ろし、今度はドルトが竜に跨る。

手綱を引き締めると、竜は先刻と違い背筋を伸ばし生き生きとした目で前を見た。

それはヘイズにもわかるほど、明らかな変化だった。

思わずヘイズの声が漏れる。

「あ……」

「いくぞ。よく見ていろよ」

ドルトは竜の腹を強く、蹴った。

するとすぐに竜は歩き始める。

何度か強めに蹴ると速度は上がり始め、やがて走り始める。

「すごい！　すごいです！　ドルトさん！」

「とりあえずこんなところだ。手綱を引けば、竜は止まる」

ドルトが手綱を引くと、竜は速度を緩め停止した。

竜から降りたドルトはヘイズに手綱を手渡した。

「ほら、やってみな」

「わ、わかりました！」

竜は主《あるじ》が代わったのを見るや、あからさまに気が抜けた顔になった。

ドルトはそれに気づきながらも、何も言わなかった。

◆

「おいっ！　この……走ってくれよー！」

ヘイズが何度言っても、竜はまともに動かない。

どうやら相当苦戦しているようだ。

ドルトとミレーナは、それを少し離れて眺めていた。

「うーん、どうやら苦戦しているようですね」

「ええ、あの青年は少し甘すぎますね。竜に非情にならなければ、舐められたままだ」

時間がかかりそうだとドルトは思った。

気づけば昼をだいぶ回っており、ドルトの腹がぐうと鳴る。

「ドルト殿、お腹《なか》が空《す》きましたね」

「はは、お恥ずかしい限りです」

「じ、実はその、またお弁当を作ってきたのですが……」

もじもじと顔を赤らめながら、ミレーナが言いかけた時である。

「そろそろ休憩にしよう！」

ドルトが大きな声でヘイズを呼び戻し、ミレーナの言葉を打ち消した。

ミレーナはタイミングを失い、手にしたバッグをまた仕舞った。

「ご飯ですか？」

「あぁ、腹が減った」

「お弁当を――――」

「実はお昼ご飯用意しておいたんですよ！　さぁさぁこちらへ！」

ヘイズの声がミレーナの言葉を打ち消した。

またも、タイミングを失ったミレーナは、ヘイズに案内され小屋に戻った。

◆

小屋には寸胴鍋《ずんどうなべ》が見えており、ヘイズは早速それを火にかける。

「先日、作りおいていたものです。たくさん作ったので、たくさん召し上がってくださいね」

ヘイズがおたまを手に取り、鍋《なべ》をかき混ぜていく。

ぐつぐつという音と共にいい匂いが辺りにただよい始める。

大皿にすくったスープを、ドルトとミレーナの前に差し出した。

スープは鮮やかな赤色で、色々な野菜が入っていた。

「どうぞ。お口に合うかはわかりませんが」

「いただきます」

ドルトとミレーナは、それを口に含んだ。

そしてすぐに目を丸くする。

「――――美味《おい》しい！」

「それはよかったです。えへへ」

「本当に美味しいですよヘイズさん、城の料理にも引けを取りません」

「さ、流石に褒めすぎでは……」

「いや、マジに料理人になれるレベルだよ。やるなヘイズ」

竜師としてはともかくとして、料理人としての才能はあると思った。

二人ともおかわりをして、ヘイズはそれに応えた。

そこそこ食べて落ち着いた頃、ドルトはミレーナに尋ねる。

「そういえばミレーナ様、先ほど何か言いかけていませんでしたか？」

「え？　えーと、そのぅ……」

口ごもるミレーナのひざ元に、ドルトは何か可愛《かわい》らしい刺繍《ししゅう》をあしらった布切れを見つけた。

どこかで見おぼえがあるものだった。

ドルトはそれを見て、ようやく気付く。

「ミレーナ様、よろしければそちらのお弁当もいただいてよろしいですか？」

「は、はいっ⁉」

慌てて返事をするミレーナ。

ドルトの言葉の意味を探り、その意図に気付く。

――自分の言いかけた言葉の意味に、気付いてくれたのだと。

そう悟ったミレーナは、口元に笑みを浮かべ、頷《うなず》いた。

「はいっ！　どうぞ遠慮なく！」

「頂きます」

ドルトはそう言うと、ミレーナの差し出した弁当を、あっという間に平らげてしまった。

既にそこそこ食べていたにもかかわらずである。

ミレーナは思わず目を潤ませた。

「……ありがとうございます。ドルト殿」

「いえいえ、美味しかったです。ごちそうさまでした」

ぱちんと手を合わせ、ドルトは弁当箱を包んで返す。

「やっぱりすごい……ドルトさん！　やっぱり竜師になるにはあれくらい食べないといけないんだ……！」

ヘイズもヘイズでドルトに憧《あこが》れの視線を向けていた。

そして負けじと、スープをおかわりするのだった。

◆

昼食が終わり、ヘイズの訓練が再開された。

その前にドルトは一度手本を見せる事にした。

「ヘイズ、一度俺と一緒に乗ってみようか」

「わかりました！」

ドルトはヘイズと共に竜の背に跨《また》がった。

とはいえあくまで騎手はヘイズ、ドルトは後ろで補助の役割である。

「さ、まずは走らせてみな」

「は、はい！」

ヘイズはドルトに言われるがまま、竜の腹を足で蹴る。

だが竜は微動だにしない。

完全に舐め切っているると思ったドルトは、ヘイズの脚を取り、竜の腹を思いきり叩《たた》きつけた。

「グルゥ⁉」

一度びくっと身体《からだ》を震わせ、竜はドルトの方を見た。

ドルトは冷たい目で竜を見つめる。

竜はそれに臆《おく》したように、前を向き歩き始めた。

「す、すごい……」

「上下関係をしっかりわからせておくことが重要だ。竜は頭がよく、強い。だから弱い奴の言う事なんて聞かない」

「しかし……可哀想ではないですか？　生き物は大切に愛《め》でるものだと教わってきましたが」

おずおずとそう述べるヘイズの言葉に、ドルトは返す。

「……勘違いしているようだから教えておこう。竜は友だちでもなんでもない。兵器だ」

「兵器、ですか」

「あぁ、鋭い牙《きば》と爪、頑丈な身体、強靭《きょうじん》な脚を持ち、ひとたび暴れれば簡単に人を殺し、モノを破壊してしまう。紛れもない兵器だよ。そんな兵器相手に甘っちょろい事を言ってたらお前――死ぬぞ？」

重く、冷たいドルトの言葉を聞いて、ヘイズはぶるっと震えた。

雨がパラパラと降ってきた。

「彼、やはりダメでしょうか……」

竜から降りてきたドルトに、ミレーナが尋ねる。

厳しい言葉を言っていたドルトだったが、その顔は笑みを浮かべていた。

ミレーナは意外そうな顔をした。

「いえ、失礼。彼が昔の私と似ていたので、つい厳しい言葉を言ってしまいました」

「そうなのですか？」

「ええ。実はさっきの言葉、あれは当時の自分が言われた事をそのまま言ったのですよ」

遠い目をして、ドルトは続ける。

「昔、私を無理やり竜師にした師匠みたいな人がいましてね。すごく厳しい人で、さっきみたいな厳しい言葉を拳《こぶし》と一緒に叩き込まれたものです」

「まぁ……では、彼もドルト殿のような素晴らしい竜師となる素質がある、と？」

「はは、私に師匠のような指導センスはありませんよ」

「それは残念ですね」

あまり残念ではなさそうに、ミレーナは微笑《ほほえ》んだ。

ドルトも釣られるように笑った。

「まぁ精一杯、教えますので――」

ドルトがそう、言いかけた時である。

竜の様子が少しおかしい事に気付いた。

(周囲を強く警戒している……何かが近づいてきているのか)

ドルトはミレーナの手を引き、自分の後ろに隠した。

「ミレーナ様、私の後ろに」

「ひゃっ⁉　ど、どうかしたのですか？　ドルト殿」

「……何かが近くにいます。……ヘイズ！　こっちへ来い！」

「きゃーっ⁉」

ドルトはミレーナの手を掴《つか》んだまま、ヘイズの駆る竜へと走る。

すると周囲の草むらからガサガサと、男たちが顔を出した。

そのうちの一人、髭面《ひげづら》の男がヘイズに向かって声を荒らげる。

「おい！　坊主、悪いがその竜を置いてどっかに行きな。そうすりゃ命までは取らねぇよ」

「うわっ⁉　な、なんですかあなたたちは！」

立ち止まるヘイズに、今度はドルトが叫んだ。

「ヘイズ！　こっちに来い！」

「あ？　おいてめぇ！　止まれ！　それ以上近づくな！」

だが、髭面の言葉をドルトは無視した。

髭面は舌打ちを一つすると、部下たちに命じた。

「……くそ！　ぶっ殺しちまえ！」

「おおおおおっ！」

部下たちは咆哮《ほうこう》を上げながら、手にした剣や槍《やり》、弓を構える。

ドルトは構わず跳びあがると、竜の鞍《くら》に跨った。

すぐにミレーナも引き上げる。

「二人とも伏せていろ」

「は、はいっ！」

ヘイズから手綱を奪い取り、両脇の二人をかばうように伏せさせた。

そしてぐるりと、竜を男たちの方へ向けさせる。

「グルルル……」

竜の唸《うな》り声に臆する男たちに、ドルトは告げる。

「貴様らが何者かは問わん！　だが今すぐ逃げ帰れば目を瞑《つぶ》ってやる！」

「くっ……」

堂々としたドルトの物言いに、男たちはじりじりと後ずさる。

「下がるんじゃねぇ！」

それを、髭面が止めた。

一人進み出ると、鞘《さや》から分厚い刀剣をずらりと抜いた。

「へっ、俺たちの事なんかどうでもいいってか？　随分舐《な》められたもんだ。俺たちを誰だと思ってやがる？」

「知るか馬鹿。興味もねぇよ」

「ドルトさんっ！　あいつらはここいらを騒がしている、盗竜団です！　きっとこの竜を盗みに来たんですよ！」

頭を上げてヘイズが叫ぶ。

「へっへっへ、その通り。新人の育て屋からなら簡単に攫《さら》えるからなぁ！　テメェはそれなりに熟練の竜師と見たが……この人数が相手ではどうかな？」

髭面の言葉に勢い付いたのか、周りを囲んでいた男たちが武器を手ににじり寄る。

ヘイズはひっと悲鳴を上げ、顔をひっこめるとドルトにしがみついた。

ドルトは震えるヘイズに言った。

「丁度いい。見せておこうじゃないか。竜の恐ろしさってやつを……！」

「ど、ドルトさんっ⁉　一体何を……うわぁっ⁉」

ドルトは手綱を竜に叩きつけた。

がくんと大きく竜が揺れ、盗竜団目がけ突進する。

ミレーナは控えめに、ドルトの脇に抱きついた。

「かかれぇぇぇぇ！」

髭面の号令に従い、竜を迎え撃とうとした男たちだが――

「うおおおおおおお‼　……ぶべっ！」

竜の体当たりを受け、ぶっ飛ばされてしまった。

三人まとめて、である。

一人は草むらに落ち、ゴロゴロと転がりそのまま動かなくなった。

一人は木に叩きつけられ、ぐったりともたれるようにして動かなくなった。

一人は後ろの男たちにぶつかり、変な音がいくつか鳴って、まとめて動かなくなった。

「グルルルルォォォオオオオオオ‼」

咆哮と共に男たちに突進する竜。

男たちは今度は武器を持って対抗する。

一人の男は槍で突いたが、竜の鱗《うろこ》には刺さらずへし折れ、撥《は》ね飛《と》ばされた。

一人の男は剣で斬りつけたが、竜の腹はぶよんと刃を弾《はじ》き、撥ね飛ばされた。

一人の男は弓矢を射ったが、竜はそれをかみ砕き、撥ね飛ばされた。

ばったばったと男たちを撥ね、轢《ひ》き、弾き、飛ばし……

竜に殆《ほとん》ど攻撃らしい攻撃もさせず、ドルトは男たちを蹂躙《じゅうりん》していった。

気づけばいつの間にか男たちは全員、逃げ出していた。

「ば、馬鹿な……」

ぽつりと呟《つぶや》いた髭面を見て、ドルトは次の目標を定めた。

竜を走らせ髭面を追いかける。

だが髭面は慌てて止めてあった馬に飛び乗ると、手綱を叩きつけ走らせた。

「来るな！　来るんじゃやねぇ！」

罵声《ばせい》を浴びながら、ドルトは馬との距離を詰めていく。

「くそっ！　なんでだ⁉　他の竜は大人しいのに！　今日に限ってこんなに暴れやがって！　不良品かよっ……！」

「――――それは違うな」

追いついたドルトが、言った。

竜上のドルトの言葉は、馬上の髭面のほぼ真上から発せられた。

髭面は、思わず見上げた。

「この竜は大人しいさ。十分にな……ただ」

「た、ただ……？」

「────俺が暴れさせたんだよ」

ニヤリと笑うドルトは、片足を上げ狙いを髭面に定める。

髭面が声にならぬ悲鳴を上げた直後、ドルトは男の顔を踏みつけた。

転がり落ちる男を尻目《しりめ》に、ドルトは竜を止めるのだった。

◆

「さて、とりあえずはこんなもんかな」

ドルトは男たちを全員捕まえ、竜舎の中に数珠つなぎにして縛り付けた。

竜に轢かれ、腕や足を折られた男たちはまともな抵抗も出来ず捕縛されてしまった。

竜を縛る頑丈な綱を使っての捕縛は、小さな刃物を持っている程度では千切れはしない。

「うぅ……いでぇよぉーーっ！」

「骨が折れてるんだ、優しくしやがれ！」

尤《もっと》も、満身創痍《まんしんそうい》の彼らがそう簡単に逃げられるとも思えないが。

男たちの呻《うめ》き声があちこちで上がり、ヘイズは憐憫《れんびん》の目で彼らを見た。

「竜って、怖いんですね……あっという間にこれだけの人間を倒してしまうなんて……」

「竜の危険さが少しはわかったか？」

「は、はい……」

恐る恐る返事をするヘイズ。

怖さを知らなければ、竜を育てることは出来ない。

これで少しは甘さも消えるだろうとドルトは思った。

「ま、頑張ることだ」

ドルトはそう言うと、ヘイズの背中をバシンと叩いた。

衝撃でヘイズはつんのめり、転びそうになるのを堪《こら》える。

「いだっ！　な、何するんですかドルトさんーっ！」

「ははは、とりあえず竜に舐められないように、もう少し身体を鍛えるんだな」

「うぅー……」

ヘイズは涙目で、痛そうに背中をさするのだった。

◆

一仕事終えたドルトとミレーナは、馬に乗って城へと戻る事にした。

あとは城の兵士たちを呼び、連れて帰らせるだけだ。

後ろではヘイズが大きく手を振っていた。

「ドルトさーん！　ミレーナ様ーっ！　僕、立派にこいつを育ててみせまーす！」

「グルルルォォォォォ‼」

ヘイズの隣で竜が吠《ほ》える。

竜はドルトとの別れを惜しんでいる様子だった。

「ふふ、懐かれてましたね。ドルト殿？」

「いつもの事ですよ。……それよりアルトレオでは結構本格的に新人の育成に力を入れているのですね。ミレーナ様自らこんなところまで足を延ばしているとは、感服しました」

「勉強の大切さ、ドルト殿に教えて貰《もら》いましたから」

思い返すように目を細めるミレーナを見て、ドルトはハッとなる。

しばし沈黙の後、恐る恐るといった様子で問う。

「……もしかしてミレーナ様、以前私と会ったことがあります？」

「……もしかしてドルト殿、忘れていたのですか？」

今度は逆にミレーナが問う。

その問いでドルトは記憶を一気に思い出した。

思わずぱちんと手を叩《たた》き、声を上げる。

「そうか！　あの時の！　勉強が嫌だって竜舎で隠れてた女の子！」

「……そうですけど、少しはその、言い方というものが……」

「す、すみません……」

謝罪をしながら、ドルトは以前、勉強の為にと師匠とアルトレオへ行った時の事を思い出していた。

十年以上前だったろうか、師匠に良き竜とはなんぞやと色々叩き込まれたのである。

アルトレオで学ぶ事は多く、竜師として勉強を始めたばかりのドルトはそれが楽しくて仕方がなかった。

そんなある日、竜舎に一人の少女が逃げ込んできたのである。

飛竜の翼の下で隠れるように座り込む少女に、ドルトは尋ねた。

——君、どうしたんだい？　こんなところで。メイドさんたちが探していたよ。

——だって、おべんきょうたのしくないもの！

少女は大きく頬を膨らませ、膝小僧《ひざこぞう》をじっと見つめたまま動こうとしなかった。

なんとなく事態を察したドルトは、少女の隣に座る。

——俺は楽しいけどな。

——うそ！　だってべんきょうなんかしても、なんのやくにもたたないもの！

——そうかな？

——そうよ！

頑《かたく》なな少女の心をほぐすべく、ドルトはゆっくりと手を挙げた。

——そんな事はないさ。ほら、例えば……

ドルトが手をかざすと、飛竜がゆっくりとその手に頭を乗せてくる。

それをドルトはよしよしと撫《な》でる。

少女はそれを見て、目を輝かせた。

——ふわぁ……りゅうがじぶんで……すごい！　まるでまほうみたい！

——だろ？　君だって勉強すれば、こんな風に色んなことが出来るようになるんだぜ。

ドルトは少女に微笑んで返した。

少女は、しばらく考えた後、すっくと立ちあがった。

――わかった！　わたし、べんきょうする！　りっぱなおうじょさまになる！

――おう、頑張れ頑張れ。

そう言って少女を見送りながら、ドルトは苦笑した。

おうじょさま、とはまた大きく出たものだな、と。そんな事を思いながら――


「……そうです、その少女が私です」

むすっとしながら、ミレーナは唇を尖《とが》らせて言った。

「いやー……ははは、まさか本当の王女様だったとは……」

「ええそうです。どうですか？　少しは立派になりましたか？」

少し意地悪く笑いながら、ミレーナは自分の胸元に手を当てる。

少女らしいあどけなさは薄れ、女性らしく美しく成長していた。

「……十分立派になられたかと思われます」

「そうですか。それはよかった」

今度はミレーナは、満足げに微笑むのだった。

第七章――おっさんと王女様、親になる

ドルトはその日も畑仕事に精を出していた。

とはいえジャガイモ畑に被《かぶ》せた麻袋のおかげで、日々の作業はかなり少なく済んでいた。

今は葉についた虫を除去したり、忌避剤を撒《ま》いたり、追肥をしたりするくらいである。

本来であれば水やり、草抜きを毎日しなければならないが、麻袋の中は殆ど雑草が生えていない。

外はもう草むらのようであり、これだけの雑草を除去しようとすると相当な手間であろう。

普通に育てるよりは随分マシだとドルトは思った。

「手慣れたものですね。ドルト殿」

そんなドルトに、後ろで見ていたミレーナが声をかける。

いつものように時間を割いて見に来ていたのだ。

「セーラのおかげですよ。本来ならもっと手間取っていたでしょう」

「それはよかったです。ふふふ」

一通りの作業を終えたドルトは、手にしていたスコップを畑に突き刺し、立ち上がった。

「さて、畑仕事も終わったし竜の世話でも――」

言いかけたその時である。

ドルトの方に駆け寄ってくる人影が見えた。

「ドルトくんドルトくんドルトくんっっ！　あーっ！　しかもミレーナ様までっ！　ナイスっ！」

近づいて来るのはケイトだった。

凄《すさ》まじい勢いで走ってきたケイトは、二人の前で急停止した。

「何だよ、慌ただしいな」

「はぁ、はぁ、ぜぇ〜〜」

どたどたと慌ただしく駆けてくるケイト。

ケイトは立ち止まると呼吸を整えるべく、何度も深呼吸を繰り返した。

「一体どうかしたのですか？　ケイト」

「えーっとですね！　あれあれあれ、なんだっけ！　ねぇドルトくん！　あれだよ！　ばさばさしてるのがさ、白くて丸いのをね？　あれしたんだよ！」

焦りすぎて意味不明な言葉を口走るケイトを見て、ミレーナは頭を抱えた。

そして宥《なだ》めるように、落ち着かせるように、言った。

「……ケイト、少し落ち着きましょう？　言葉が支離滅裂になっているわ」

「あわわわわわわ、しみませんー！」

落ち着く気配のないケイトを見て、ミレーナはため息を吐《つ》く。

「なんだかわかりませんが、落ち着くのを待つしかないですかね……ドルト殿？」

しかしドルトはケイトに尋ねる。

「もしかして飛竜が卵を産んだのか？」

「そうそれ！」

「なんでわかるんです⁉」

ケイトの言葉を即座に理解したドルトに、ミレーナは突っ込んだ。

「いやぁ、ケイトとは長いんで……」

「くっ、私とだって同じくらい長いのに……その洞察力を少しは私に使ってくれても……ごにょごにょ」

悔しそうにもごもごと言うミレーナに、ドルトは声をかけた。

「えーと……ミレーナ様？」

「なんでもありませんっ！」

何故か頬を膨らませるミレーナはとりあえず置いといて、ドルトはケイトとの会話を続ける。

「それにしても飛竜が卵を？　本当かケイト」

「うんうん！　それも親はなんと、エメリアなのですよー！」

「エメリアが……もしかしてあの時……？」

ごにょごにょとひとりごちるミレーナを見て、ドルトは尋ねる。

「ミレーナ様、あの時とはいつの事でしょうか？」

「えっ⁉　あ、あの時というのは……？」

「はい、仕込まれた日です」

ドルトの言葉にミレーナは顔を赤らめる。

竜も卵を産むためには、当然生殖行為《アレ》を行う。

そうなるとその、当然生殖行為な事もするわけである。

「母体の状態を正確に知る必要があります」

「う……わ、わかりました。その、エメリアとつがいとなっている飛竜は、現在兄が乗って諸国を視察しています。確か兄が旅立ったのは一年ほど前……あの夜、エメリアの鳴き声がうるさかったから、多分その時……」

ミレーナは真っ赤になりながら続けた。

それとは反対に、ドルトは冷静だった。

「なるほど……となるとほぼ成熟体だと思います。少し遅めですが、許容範囲でしょう。父親の方はしばらく帰ってきませんか？」

「はい、予定ではしばらくは帰ってこないはず、です」

「そうですか。父親がいれば少しは安心なんですが」

「なるほどぉーあの時かぁー。ふぅーん、へぇー」

対してケイトは、すごく楽しそうだった。

「そういえばミレーナ様のお兄様が出て行って、結構経ちますよねー。いやぁ私も近くで聞いていましたよー。ギシギシギャアギャアと一晩中鳴いていましたもん。あの時はお楽しみでしたねぇ、ミレーナ様？」

「し、知りません！」

「えー！　いいじゃないですかー王女様だって、興味津々で聞いてたくせにぃー」

ケイトはミレーナの肩を抱いて、耳元で囁《ささや》く。

ドルトはそんなケイトの襟首を掴《つか》み、引きはがした。

「こらこら、おっさんみたいな絡み方はやめろよケイト」

「ちぇー」

ケイトはぶーたれながら、ミレーナから離れた。

「まぁ竜は妊娠期間が長いからな。孕《はら》みにくいし、腹もあまり出ない。ケイトが気付かなかったのも無理はない」

「ちなみに相手の竜は結構イケメンなんだよー顔もすらっとしてるし身体《からだ》も大きいし、何より声がいいね！　イケボだよイケボ。いやーん、抱かれたーい」

「相手は竜だけどな……」

「だからいいんだよー、わかってないなぁドルトくんは」

「一生わからんだろうなぁ」

「そ、それより二人とも！　卵を見に行かなければ！」

ミレーナの言葉で、二人は本題を思い出した。

「おお、そうだな。早く行こうぜ」

「うむうむー」

「さぁ、早く行きましょう！」

ミレーナに背を押されながら、ドルトとケイトは卵のある竜舎へと移動するのだった。

◆

城の上部、飛竜の竜舎へ足を踏み入れると、まるで凍るような静けさだった。

他の飛竜たちにも緊迫感が伝わっているかのようだった。

ドルトたちは出来るだけ刺激しないよう、静かに静かに奥へ進んでいく。

そして柱の影からミレーナの飛竜――エメリアを、やや遠くから覗《のぞ》き見《み》る。

卵を目の当たりにしたミレーナは目を見開き、わぁと嬉《うれ》しそうに声を上げた。

「本当ですね！　卵産んでますよ！　卵！」

「でしょー！　やったねミレーナ様！　飛竜が増えるね！　いえーい！」

喜びに手と手を合わせるミレーナとケイトだが、ドルトはどこか浮かぬ顔をしていた。

口元に手を当て、飛竜をじっと見ている。

「……？　どうかしたのですか？　ドルト殿」

「あの飛竜、弱っているな。……ミレーナ様、私と来てください。近くで様子を見たい。警戒してますが、ミレーナ様と一緒なら私が近づいても問題ないと思います」

「は、はい！」

ミレーナと共に、ドルトは飛竜にゆっくり近づいていく。

檻《おり》に近づくと、飛竜は卵を守るようにして首を持ち上げた。

全身を震わせながら、細く長い息を吐いて、何とかその姿勢を保っているという有様だった。

顔色は悪く、通常の状態でないのは明らかだった。

それを見てようやく、ミレーナはドルトの言葉の意味を理解した。

「え、エメリア……！　大丈夫……なの……？」

「グァォ……」

弱々しく鳴く竜を見て、ミレーナは崩れそうになる。

それをドルトの腕が支えた。

「大丈夫ですか？　ミレーナ様」

「え、えぇ……しかし……エメリアが……！」

「とにかく、見てみるしかありません。恐らく卵を産む時に何か……」

ドルトはそう言うと、竜の産卵口に顔を近づける。

途端、竜の尾が振るわれ、ドルトの顔を叩《たた》いた。

ばしん、と重く鋭い音が響く。

「ドルト殿っ！」「ドルトくんっ⁉」

二人の悲鳴にも似た声。

だがドルトは大丈夫だと手で制した。

尾撃のタイミングで顔を逸《そ》らし、衝撃を軽減したのだ。

しかし、ドルトの唇からは赤い血が一筋、流れていた。

なにせ竜の尾撃はまともに受けたら吹っ飛ばされ、数日は痣《あざ》になるくらいの威力である。

だが、ここで痛いと騒げば竜を刺激してしまう。

だからドルトは、痛みを堪《こら》え微動だにしなかった。

そんなドルトを見て、ミレーナもケイトも息を呑《の》んだ。

「さて、少し見せて貰《もら》うからな」

ドルトはそう言って、産卵口に手を近づける。

透明な液体の中にどす黒く赤い液体が混じっていた。

それを確認したドルトは乱れた前髪を上げ、呟《つぶや》く。

「……やはり、出血を起こしているな。しかも傷はかなり深い」

飛竜が尻尾《しっぽ》を振るった事で、傷口が開いたのか血が流れ出してきた。

ドルトの手が、足元の藁《わら》が、赤黒く濡《ぬ》れていく。

竜の妊娠期間は非常に長く、その分産む卵も大きい。

本来の野生の環境下なら問題はないのだが、人の飼育環境下では食事や運動の関係上産道が詰まることがあるのだ。

そして大きな卵は排卵の際、竜に大きなダメージを与える事がある。

特に身体の小さな飛竜はその際のダメージで、命を落とす可能性もある。

ドルトが見たところ産道は大きく裂傷しており、そこから血が流れてきていた。

傷口を見たミレーナは、ドルトに支えられながら取り乱していた。

「え、エメリアは……エメリアは、エメリアは大丈夫なのですか⁉」

「手は、尽くします」

「う……エメ……リア……」

いくら縋《すが》られようとも、ドルトにはそれ以上の事は言えなかった。

ミレーナはドルトに支えられ、竜舎を後にする。

飛竜《エメリア》は立ち上がり、血を流しながらも、その様子をずっと見ていた。

◆

ガルンモッサでも竜騎士団有する飛竜が遠国との小競り合いで傷ついてしまっていた。

敵の弩弓は飛竜の右脚を貫き、皮膚を破り肉を裂き、骨まで達していた。

何とか帰りつき着地は出来たものの、そのまま力尽き起き上がれなくなっていた。

このままでは死を待つばかり……報告を受けた団長は、急ぎ竜舎に人を呼びに行った。

だが団長の聞いた言葉は、信じられないものであった。

「飛竜が怪我《けが》をした……と。はぁ、それは殺すしかありませんなぁ」

そうあっさりと言ってのけたのは、一人の老人だった。

老人はドルトの代わりに竜師として働いていた。

組合からの勧めで入った人物で、採用理由は老人の為、賃金が安くて済む、であった。

老人の言葉に団長は信じられないと言った顔をした。

「こ、殺すだと……！」

「へぇ、そういう決まりでして」

だが老人はやる気のない目で返答する。

団長は思わず掴みかかった。

「治療をすれば助かるはずだ！　それを殺すとはどういうことだ⁉　飛竜はとても貴重なんだぞ！」

「いてて……そうは言われましても、上の命令ですので」

「〜〜〜っ！　貴様では話にならんッ！」

掴《つか》んでいた手を振り払うと、老人は壁に打ち付けられた。

「ぎゃっ！　な、何すんだあんた！」

抗議の声を上げる老人を一瞥《いちべつ》し、団長は老人の上司である竜師たちのいる部屋へと踏み入った。

◆

「邪魔をするぞ！」

勢いよく扉をあけ放つと、中から酒とたばこが入り混じった臭いが漂ってきた。

思わず顔をしかめながら、室内を見渡す。

部屋の中は紫煙で曇っており、ぱち、ぱちと駒を打つ音が聞こえてきた。

奥には三人の竜師たちが、煙草を燻《くゆ》らせ、コーヒーを飲みながら、卓上遊戯に興じていた。

やった、だの、やられた、だの、気の抜けた笑い声が部屋に響いていた。

そのうちの一人が、団長が入ってきたことに気付いた。

「おお、団長殿ではありませんか。なんと珍しい」

「よろしければ一局、打っていきますかな？　ははは」

「……ッ！」

あまりにものん気なその態度に、団長は苛立《いらだ》ちを隠さずに部屋の奥へと進み入る。

竜師たちは険しい表情の団長を見て、ぽかんと口を開けた。

「どうかしましたかな？　そんな怖い顔をして」

「『どうかしたか』ではないッ！」

団長は勢いよく、盤を蹴《け》り飛ばした。

駒が辺りに散らばり落ち、カラカラと乾いた音が室内に響く。

竜師の一人が吸っていた煙草の灰が、床に落ちた。

団長は真っ赤な顔で叫んだ。

目元がぴくぴくと痙攣《けいれん》し、握りしめた拳《こぶし》は震えていた。

「遊んでいる場合ではない！　飛竜が大怪我をしたのだ！　右脚が裂傷し、骨も見えている！　このままでは血が流れて死んでしまう！　治療が出来る者はいないか！　手を貸せ！　誰でもいい！」

団長の言葉に顔を見合わせる竜師たち。

しばし沈黙ののち、腕を組み難しい顔をした。

「いやぁ、しかし竜の治療は非常に危険が伴います。それほどの怪我となると、やはり殺した方がいいのでは？」

「えぇ、手負いの竜は非常に危険……というのは竜騎士団長であれば当然知っているはずでは？」

「そうですとも。残念ではありますが殺すしかないでしょう。いつも通りに」

うんうんと頷《うなず》く竜師たち。

団長はそのうち一人の襟首を捕まえ、頭突きをかました。

がつん！　と音がして竜師の額から血が流れる。

男は額に手を当て、傷がついていることに気付くと気を失った。

団長の表情はあまりの怒りで鬼のような形相になっていた。

「な、なんですか⁉　乱暴はよくないですぞ⁉」

「貴様はそれでも竜師か！　面倒を見ている竜を殺そうなどとよくぞ言えたな！」

団長の怒りは頂点に達していた。

燃えるような目で睨《にら》みつけられ、竜師たちは震えた。

先刻までの緩み切った態度を改め、直立不動の姿勢を取った。

「で、ですが竜の治療なぞここの誰も出来ません。そのような事を、我々は教えてもらっていませんので」

「それはドルトも同じだ！　あいつは庶民で、竜の知識など殆《ほとん》どないまま竜師になったのだぞ⁉何も知らんのに、見様見真似で怪我の治療だってしてた！　俺はそれを何度も見てきたッ！」

「し、しかし……あの男は失敗していたでしょう？　それも一度や二度ではない」

「我々は何度もやめろと言いました。それでもやめない……愚かな男ですよ。あいつは」

「そうです。もし失敗して竜が大暴れしたら甚大な被害が出るのですぞ？」

「団長殿にその責任が取れるのですかな？」

当時、ドルトは怪我をした竜の治療を何度も試みてきた。

団長や理解ある人が手を貸す事もあったが、しょせん素人ばかり、どうにもならず。

もちろん、その間は他の仕事は出来ない。

本来の仕事をないがしろにしていると竜騎士たちから不満が上がり、竜師たちはドルトを呼び出し、指導を行った。

――まともに世話も出来んなら、治療などやめてしまえと。

そう言ってドルトに竜の治療を禁止したのである。

結果、怪我をした竜は殺せという命令だけが残った。

それでもドルトは、怪我をした竜を隠れて助けようとしていた。

救われた竜も数多くいる。団長はそれを知っていた。

こっそりとそれを手伝った事もあった。

だからドルトを愚か者呼ばわりする竜師たちが許せなかった。

「～～～ッ！　もういい！　貴様らの手は借りぬ！　これ以上貴様らと話していたら、殺してしまいそうだ」

恐ろしく低い声でそう言って、団長は踵《きびす》を返した。

そして団長は扉を叩きつけ、部屋から出ていった。

叩きつけられた衝撃で扉は歪《ゆが》み、そこから隙間風が吹いていた。

風に吹かれ、誰ともなく竜師たちはへなへなと腰を下ろした。

◆

……結局怪我をした飛竜は団長とその部下たちで治療することになった。

だが、慣れない人間の集まりである。

暴れる竜に麻酔を打つだけでも数人がかりで、怪我人も出た。

大人しくなった竜を何とか竜舎に運び込み、手術は行われた。

もちろんやった事がある者などいるわけもなく、手術は始終手探りであった。

時間もかかり、血も多く流れ、それでも懸命に行われた手術だったが――――しかし、その甲斐《かい》もなく、飛竜は命を落とした。

麻酔が効いて苦しまなかったのが、唯一の救いだったのかもしれない。

団長を中心に、竜騎士たちは項垂《うなだ》れていた。

もう少し適切な処置が出来ていれば、道具を揃えていれば……ドルトが使っていた道具も幾つかは残されていたが、ほとんど使い方のわからぬものばかりだった。

彼らにはあまりにもノウハウがなかったのだ。

「くそッ！」

団長が床を叩くと、藁がバラバラと舞う。

中には涙する者もいた。

悲嘆にくれるその様子を、竜師たちは壁に隠れて覗《のぞ》き見《み》ていた。

（ふっ、見ましたか？　あれだけ大口を叩いておいて、結局殺してしまいましたよ）

（えぇえぇ、何とも情けない。全く竜騎士団長と言えど、口だけですなぁ）

（涙を流せば許されるとでも思っているのでしょうか。情けない男です）

（あぁはなりたくないものです）

彼らの笑みは、更に大きくなっていく。

（これは責任問題として、王に報告しましょう）

（素晴らしい！　我々の指示を無視して飛竜をいたずらに苦しめて殺し、竜騎士たちに傷を負わせた罪は重い！）

（更迭されるかもしれませんな！　あの野蛮な男め！）

額に包帯を巻いた男が、憎々しげに言った。

周りの者たちは然《しか》り、然りと頷く。

「……貴様ら」

いつの間にか団長が、竜師たちの前に立っていた。

団長は竜師たちの視線に、揶揄《やゆ》する声に最初から気づいていたのだ。

「おっとと」

「さ、さぁーて、書類の整理をしなくては！」

「然り、然り」

竜師たちは慌てて退散していった。

団長は視線を飛竜へと戻す。

飛竜の脚に付いた傷は、以前ドルトがいた頃には治療出来ていた程の傷であった。

治療が遅れなければ、十分に間に合ったはずだ。

最初から竜師たちを当てにしなければ……自分たちが竜の治療に精通していれば……

ドルトがいて、自分と部下たちが協力すれば救えたはずの命。

団長は飛竜の亡骸《なきがら》を見ながら、壁に拳を叩《たた》きつけた。

石作りの壁に、ヒビが数本入った。

「くそ……っ！」

力なく項垂《うなだ》れる部下たちを見ながら、団長は自らの力のなさを嘆いた。

◆

威嚇する飛竜から離れたドルトたちは、その様子を窺《うかが》っていた。

真剣な顔のドルトの耳元で、ケイトは囁《ささや》く。

「……それで、どうするつもり？　ドルトくん」

「思った以上に出血がひどいな。縫合手術をするしかない、手伝えるか？　ケイト」

「やった事はないけど……でも手伝うよ！」

「それは助かる」

話しながらも、ドルトは飛竜からの視線を感じていた。

その目には警戒の色が強く含まれている。

飛竜はドルトたちが立ち去ってなお、警戒しているようだ。

頸部《けいぶ》から滴り落ちる血で、床に敷いてある藁《わら》は赤く染まっていた。

傷ついた飛竜を見て、ドルトは眉《まゆ》を顰《ひそ》める。

「正直言って気は進まないが、これ以上時間が経《た》てば助かるものも助からなくなる。やるしかないか」

「ドルト殿……お願い、します……っ！」

祈るように、縋《すが》るように、ミレーナは言った。

ドルトはそれに無言で頷いて返した。

大量の出血と共に飛竜の体力は落ちる。

時間が経てば経つほど、危険度は高くなる。

これ以上時間はかけられない。そう判断したドルトは一か八か、覚悟を決める事にした。

「ケイト、清潔な布とお湯を大量に、ミレーナ様は手の空いている者を二、三人連れて来てください」

「わかりました！」

「はいよー！」

二人が竜舎から駆けだすのと同様に、ドルトも一度部屋へと戻る。

部屋に戻ったドルトは、ガルンモッサから持ってきた荷物の中から大きなカバンを引っ張り出した。

これは竜を治療する際に使っていた道具箱。

中には竜の皮膚をも裂く特別製の小刀《メス》、消毒液、鱗《うろこ》を縫い止める鋼針と鉄糸、マスクに滅菌シートが入っている。

竜が怪我《けが》した時の為の治療用キットだ。

「……正直、二度と使いたくはなかったけどな」

竜師の仕事をする以上、こんなこともある。

気が進まないからと言って、使わないわけにもいかない。

ドルトは中身を確認したのち、竜舎へと急いで帰ってきた。

そこにはセーラとローラ、そして息を切らせたミレーナがいた。

余程急いでいたのか、ぜぇぜぇと荒い息を吐き、声も出せなくなっていた。

「来たわよおっさん。私たちは何すればいい？」

「手を貸します。なんでも言ってください」

ミレーナが連れてきたのはセーラとローラだった。

力もあり、竜にも血にも慣れている二人は助手としては悪くない人選だ。

「ありがとうございます。ミレーナ様。それにセーラ、ローラ、本当に助かる」

「はぁ、はぁ……ま、まだ……人は必要でしょうか？」

「とりあえずはこれだけいれば大丈夫です。また何かあったらお願いしますので、そこで見守っていてください。飛竜が落ち着きます」

「は、はい……！」

ミレーナはそのまま崩れるように腰を下ろした。

いつも乗っていた主人がいれば、竜もだいぶ落ち着くというものだ。

そうこうしているうちに、ケイトも両手に大量の布と湯の入ったバケツを持って帰ってきた。

「お待たせ！　お湯と布、持ってきたよ！　これだけしかないけどいいかな！」

「十分。……ミレーナ様、竜にこれを打ってくださいますか？」

ドルトはそう言うと、麻酔薬入りの注射器をミレーナに手渡した。

「これは……」

「麻酔です。暴れると危険ですので」

ミレーナの細い指に支えられた注射器の中で、透明な液体が小刻みに揺れた。

「落ち着いてください。ミレーナ様」

「で、ですが……手が震えて……」

「私が支えますので、どうか」

そっと、ミレーナの手にドルトの手が添えられる。

ゆっくりとではあるが、手の震えは収まってきた。

ドルトのもう片方の手が飛竜の首筋に添えられる。

皮膚の下で太い血管がどくどくと脈打っていた。

「首筋の血管……ここです。ここを狙ってください」

「わかり、ました……！」

恐る恐るといった様子で針の先端を飛竜の皮膚へとあてがう。

主《あるじ》の不安な様子に気付き、飛竜がにわかに興奮しかけた瞬間である。

ドルトはミレーナの手を掴《つか》み、注射針を打ち込んだ。

中の液体がシリンダーに押し出され、飛竜の体内に入っていく。

「ガ……ァ……」

薬を打ち込まれた飛竜は、低い呻《うめ》き声を上げて、目をゆっくりと閉じていく。

しばし身体《からだ》を揺すったのち、飛竜は静かな寝息を立て始めた。

ミレーナは飛竜の頭に手を載せる。

「頑張るのよ、エメリア……」

飛竜は応えない。

それでもミレーナは、飛竜を愛《いと》おしげに撫《な》でていた。

竜舎にカーテンが敷かれ、中にお湯と沢山の清潔な布が運び込まれた。

ドルトは手袋をした手にメスを握る。

「ドルト殿……よろしく、よろしくお願いします……！」

「やるだけやってみます。……ケイト、ついてきてくれ」

「はいよ！」

「セーラとローラは湯をどんどん沸かしてくれ。あと布を小さく切って欲しい」

「了解」「わかった」

「ミレーナ様は……飛竜の無事を祈っていてください」

「はい……！」

白衣に着替えたドルトとケイトのみが、カーテンの中へと入る。

ドルトは外で三人の気配を感じていた。

どうやらこのまま、見守るつもりのようだった。

「さてさて、頑張りますかね、ドルトくん？」

「あぁ、まず傷口がよく見えるようにひっくり返そう」

「あいよ！　せーの……よっと」

ドルトとケイトはまず、患部がよく見えるように飛竜を仰向けに転がせる。

体勢を変えるとまた血が溢《あふ》れた。

ケイトがそれを、お湯で消毒した布で拭《ふ》き取る。

湯でゆすぐと、すぐに桶《おけ》の中が赤く汚れた。

それでも血は流れていた。

「どんどん拭いてくれ。傷口が見えるまで」

「う、うん……いやぁ女は血を見慣れてるから傷とか見ても大丈夫ってよく聞くけど、私は結構これ、苦手かも……」

「俺だってそうさ。得意なやつなんていねぇよ」

ケイトが血を拭いていくと、ようやく傷口が見えてきた。

ドルトの目測通り、傷はかなり深い。

何度拭いても血が溢れてくる。

「ドルトくん！　血が止まらないよ！」

「どんどん布を取り替えろ。止まるまでだ！　セーラ、布をもっと持ってきてくれ！　ローラはお湯を頼む！」

「わかった！」

カーテンの外で返事がして、その後走り去る音が聞こえた。

その間に、何度も布を取り換える。

ケイトの持ってきた布は瞬く間に赤く汚れていく。

両手いっぱいに持ってきた布は、そのほとんどが血で汚れてしまっていた。

それでも何とか拭き取ろうと、きれいな部分を探して傷口を押さえる。

お湯も同じで、ドロドロの状況を何とか耐えるドルトたち。

そして、ようやく遠くから駆けてくる音が聞こえてきた。

「戻ったわよ！　おっさん！　布いっぱい！」

「お湯も持ってきた。えーさんたちも協力してくれるって」

「お手伝い致します」

ローラが連れてきたメイドAは、どこで使っていたのか謎な巨大タライを担いでいた。

他のメイドたちも手に手に鍋《なべ》や薬缶《やかん》を持っていた。

ケイトは布と湯を交換し、また血を拭き始める。

「あ！　ドルトくん、少しだけ血が収まってきたかも！」

「うむ。そろそろ縫ってみる。消毒液を鞄《かばん》から出してくれ」

「わかったよー」

ドルトはケイトから道具を受け取ると、消毒液を傷口に塗り、針と糸で傷口を縫い始める。

集中しているからか、瞬く間にドルトの額にたまる汗。

それをケイトが拭《ぬぐ》う。

針が、糸が竜の腹をちくちくと交差していく。

まずは裂傷した部分を縫い止め、次は分厚い皮同士を頑丈な糸で繋《つな》ぎ、縫い止めていく。

——夜が更けてなお、作業は続けられていた。

◆

「ふぃー、終わったぁー……」

ぐったりと壁に寄りかかるケイトの横で、ドルトも大きく息を吐いた。

長くかかった手術はようやく終了した。

傷口は拙いながらも何とか縫合され、血は完全に止まっていた。

手は尽くした。だが素人手術だし、どうなるかはわからない。

ドルトに出来る事はこれ以上、なかった。

「とりあえず、一段落だな」

「お疲れドルトくん」

ぱちんと手を合わせ、二人はカーテンを開け外へ出てくる。

外では夜遅くにもかかわらず、ミレーナたちが待っていた。

「ドルト殿！　エメリアは……どうなりました⁉」

「今は眠っています。傷口は何とか縫い止めましたが、血が流れすぎたのでどうなるかは……」

「そう、ですか……」

厳しい言葉にミレーナは肩を落とす。

実際問題として、状況は厳しいと言わざるを得ない。

飛竜は他の竜に比べると、幾分デリケートな生き物なのだ。

「とりあえず今日はこれで様子を見よう。何かあるといけないから俺が夜通し見ておく。皆は今日は解散してくれ」

「でも……ドルトくんも疲れてるんじゃ……？」

「大丈夫。それにケイトは初めてだったんだろ？　相当疲れたはずだし、今日は休みな。俺も朝には休ませてもらうさ。交代だ」

「ごめんよ、ありがとう。……正直ちょっと限界だった……っとと」

そう言って蹌踉《よろ》めくケイトをセーラとローラが支えた。

「私たちは残るわ。ね、ローラ」

「えぇセーラ、何かやることがあるかもしれませんし」

二人の申し出に、しかしドルトは首を振る。

「いや、大丈夫だ。二人にはまた明日、ケイトの補助をして貰《もら》うからな。俺もいないし、力仕事を任せたい」

「力仕事ってそれ、女子に任せる仕事？」

「別に非力ってこともあるまいよ。竜騎士だろお前ら」

ドルトの言葉を、ローラは肯定した。

「構わない。そこらの女子よりは力はあるつもり。特にセーラは」

「ちょおーい！　ローラってばひどくない⁉」

「ぷっ、あはははは！」

セーラとローラのやりとりに、皆が笑う。

張り詰めていた緊張の糸が初めて緩んだ瞬間だった。

「……何かあれば起こしに行くよ。さ、ミレーナ様も」

「でも……」

「そうですミレーナ様、これ以上の夜更かしはお身体に障ります。それに何かあったら私が一瞬でお呼びいたしますので」

「一瞬ってオイ」

「一瞬です。即聴即伝はメイドの嗜《たしな》みです」

呆《あき》れるドルトに、メイドAはすまし顔で返した。

本当にやりかねないとドルトは思った。

そんな二人のやり取りに、ミレーナはくすりと笑う。

「……わかりました。ではお願いしますね。ドルト殿」

「はっ」

ミレーナはメイドAに連れられて竜舎を出て行く。

全員が竜舎から出ていったのを見送った、ドルトは飛竜へと視線を向けた。

今は静かに寝ているが、何が起こるかわからない。

「今夜が山、だな」

そう呟《つぶや》いて腰を下ろす。

飛竜の様子を注視するが、今のところ問題はなさそうである。

「起きたら状態が急変して死んでいました、ではシャレにならないからな」

ぶつぶつと呟きながら、ドルトは自分の頬を両手で叩《たた》いた。

それからどれくらい経《た》ったろうか。

規則的な竜の寝息のみが響く静寂の中、ドルトは睡魔と戦っていた。

「やべ……ね、そう……くそっ……起きろ……」

意識が飛びそうになり、必死に耐えるドルト。

膝《ひざ》を抓《つね》り上げ、頭を壁にぶつけても眠気は襲ってくる。

意識が朦朧《もうろう》としつつあるドルトの耳に、ふと聞き覚えのある声が飛び込んできた。

「ドルト殿」

そこにはミレーナが立っていた。

手にはコーヒーカップを二つ、持っている。

「ミレーナ様……！　どうしてここに」

「眠れなくて。それに、エメリアが心配ですから。……隣、座っていいですか？」

ドルトの返事も待たず、ミレーナはその隣に腰掛ける。

コーヒーの香りがドルトの鼻をくすぐった。

「どうぞ。眠気覚ましになりますよ」

「……ありがとうございます。実は眠くて仕方がありませんでした」

「ふふ、でしょう？　差し入れです」

くすくすと笑うミレーナからコーヒーを受け取るドルトは、冗談めかして言った。

「ちなみにそのコーヒーはどちらのですか？」

「……すみません。そこまで見る余裕はありませんでした」

そう言って笑うミレーナの指は、細く震えていた。

ドルトの視線に気づいたミレーナは、目を細めた。

「エメリアが、死んでしまうかと思うと……怖くて寝れなくて……抜け出してきちゃいました」

震えを止めるように、ミレーナは膝をぎゅっと抱える。

恐怖に凍えそうな、真っ青な顔だった。

「あはは、情けないですよね……私ったら、一国の王女なのに」

「……情けなくなんてないですよ。立派だと思います」

そんなミレーナの肩に、ドルトは思わず手を載せた。

ミレーナは驚き、目を見張る。

「……こんな、王女がですか？」

「ここは竜の国、アルトレオですよ。そんな王女様こそがふさわしい。少なくとも私はそう思います」

「ドルト殿……」

ミレーナの顔はろうそくの光に照らされ、ほの赤くなっていた。

じっと熱っぽい視線を向ける先は、ドルトの左腕。

鍛え上げられた太い腕には、深い傷跡が幾つも刻まれていた。


――昔、幼き日のミレーナが竜に乗る練習をしていた時の事である。

乗っていた竜が暴走してしまったのだ。

死を覚悟したミレーナの前に立ちはだかったのは、当時のドルト。

暴走する竜に左腕を噛《か》みつかせ、動きを止めたのだ。

――ただし、本来装備しているはずの竜皮籠手《こて》を外したまま、である。

休憩中だったドルトは竜皮籠手など持っているはずもなく、素手のままだったのだ。

竜の鋭い歯でドルトの左腕はズタズタに切り裂かれながらも、何とか竜の動きは止めることが出来た。

投げ出されたミレーナの膝小僧《ひざこぞう》は擦《す》り剥《む》け、血が滲《にじ》んでいた。

それでもミレーナは泣くのを我慢しながら何とか起き上がり、ドルトに礼を言おうとして
――そして、信じられないものを見た。

なんとドルトは左腕から大量の血を流しながらも、それを顧みることなく竜の治療を始めたではないか。

――な、なにをしているの⁉　ちがでてる……！

――あぁ、どうってことないさ。それより竜がヤバい。無理に転がせたから、脚が折れたか

もしれん。ちょっと人を呼んできてくれるか？

――――ッ！　りゅうより！　あなたが！

――――頼む。

真《ま》っ直《す》ぐにドルトから見つめられ、ミレーナは息を呑んだ。

涙を拭いて、踵《きびす》を返し、城へと走り出した。

自分の擦り剥いた膝小僧など、とうに記憶から消えていた。

そうしてなんとか、竜もドルトも事なきを得たのである。


「……あの時の……」

ミレーナはそう呟くと、ドルトの左腕に指を触れる。

痛々しい傷跡を愛おしげに指でなぞるミレーナと、それを不思議に思ったドルトの視線が合う。

「……ミレーナ様？」

「な、なんでもありませんっ！」

慌ててドルトから離れるミレーナ。

そして頬を赤く染めたまま、ドルトの方を見て、言った。

「……あの時の事、覚えていますか？」

「？　何のことですか？」

ミレーナの問いに、ドルトはただ不思議そうに首を傾《かし》げる。

全く記憶にないようだった。

竜師の仕事は生傷が絶えないものである。

特に自らの怪我《けが》すらも顧みず、竜を優先するようなドルトにとってはこの程度よくある事なので覚えているはずもないだろう。

ミレーナはそんなドルトを見て、嬉《うれ》しそうに、本当に嬉しそうに笑った。

「――――ですよね！」

満面の笑みを浮かべるミレーナを見て、ドルトはまた首を傾げるのだった。

◆

――――翌日、太陽が昇りかけた頃。

ドルトの視線の先、飛竜が目を開けた。

その腹に巻かれた包帯に気付き、辺りを見渡している。

そしてドルトと目が合った。

「よっ」

片手を上げるドルトを、飛竜はじっと見つめる。

出血は止まっていたが、その動きは緩慢だった。

這《は》いずりながらも卵を抱きかかえるようにして、横たわった。

そしてまた目を瞑《つぶ》り、規則正しく寝息を立て始める。

先日までと違い、明らかに顔色がよくなっていた。

ドルトは隣にいたミレーナに声をかけた。

「どうやら、峠は越えたようですね」

「エメリア……よかった……！」

安堵《あんど》のあまり、ミレーナの目に涙が浮かぶ。

ミレーナの目の下にはクマができていた。

結局一晩中、ミレーナは飛竜の傍を動かなかった。

これで目を覚まさなかったらどうしようかとドルトは思ったが、飛竜の無事にほっとしていた。

「ミレーナ様、もういいでしょう。お休みください」

「あ……そ、そうですね！　やだもう。きっと私、ひどい顔です。恥ずかしい」

ミレーナの顔は涙の跡が残り、薄く塗った化粧は所々崩れていた。

今、初めてそれに気づいたミレーナは、ドルトから逃げるように顔を隠す。

それを見たドルトは顔を綻《ほころ》ばせた。

「いえ、お美しいですよ」

ぽろっと溢《あふ》れた言葉はドルトの本音だった。

死の間際の竜への想《おも》い、慈愛の心、それが表れた顔だった。

それを聞いたミレーナは、顔を赤らめる。

「え、えぇいや……あ、あの……」

口ごもるミレーナを見て、ドルトは微笑《ほほえ》む。

見つめられ、ミレーナはますます顔を赤くして俯《うつむ》いた。

しばし、無言で見つめ合う二人だったがすぐにどたどたと騒がしい音が聞こえてきた。

「ドルトくんっ！　エメリアどうなった⁉」

「あーーーー！　もうミレーナ様！　どこにいるかと思ったらこんなところに！　おっさん変なことしてないでしょうね⁉」

入ってきたのはケイトとセーラだ。

「……どうやら何もしていないようですね。ヘタレすぎますドルト様」

「いや、してたらだめでしょ。私はまだドルトさんを殺したくはないです」

その後に物騒な事を言いながらメイドAとローラが続く。

そして皆、ドルトらの周りに集まった。

「いやぁ、心配でさぁ。ついつい早起きしてしまったのだよーよかったねぇエメリア。よく頑張ったねぇ」

「わ、私は訓練前にちょっと寄っただけだから。勘違いしないでよ！」

「……セーラってば、無理やり私を引っ張ってきたくせに」

「おやおや、テンプレ的ツンデレセリフですね？　わかります」

「なッッ⁉　もーーーーっ！」

先刻までの静寂はどこへやら。いきなりワイワイ騒がしくなり、ドルトとミレーナは顔を見合わせ、笑った。

「……ともあれ、よかったです」

「ええ、本当に。ありがとうございます。ドルト殿」

ミレーナが言い終わる前に、ドルトは目を閉じ、すぅすぅと寝息を立てていた。

手術を終え、一晩中起きていたドルトの体力は既に限界を迎えていた。

ミレーナはそれを見てくすりと笑うと、ドルトの頬に自分の唇を近づける。

そして――――

◆

「おい大臣、竜を買うぞ。そろそろミレーナ王女ともご無沙汰《ぶさた》じゃしのぅ。ぐふふ」

「は……しかし今月分の予算は使っておりますし、財源が少々厳しく……」

「金ならまた人を解雇すればよかろう」

「いえ、城の不要な人間はあらかた解雇し終わりましたので……」

「ふむ……」

しばし考え込む王だったが、ふと何か思いついたような顔をした。

「そうじゃ！　竜どもの餌を減らそう。前々から思っていたが食いすぎじゃ。それに文句も言うまい？　うむうむ、我ながらいい考えじゃや――――」

「王ッッッ‼」

言いかけた瞬間、玉座に響き渡る声。

声の主、団長は王の前に進み出ると傅《かしず》いた。

頭を垂れ、膝をつき、だがそのままではち切れんばかりの気迫を漏らしていた。

王はその気迫にたじろぎ、言葉を失っていた。

静まり返る玉座にて、団長は静かに言った。

「……竜はガルンモッサを古くから支えてきた礎です。もっと大事にしていただきたい」

大きくはないが、深く、冷たく、地の底から響くような声だった。

普段の団長とは全く違う、殺意をも孕《はら》んでいるようにも聞こえた。

全身でそれを受け、ガルンモッサ王はぶるりと震えた。

その太い指は、がくがくと震えていた。

「……失礼いたしました」

立ち上がり、その場を後にする団長に、王は言葉一つ返せなかった。

◆

「……おー？　ここは一体……どこだろな……っと」

そうぼやきながらドルトは目を開ける。

あの後、倒れるように眠ったドルトはベッドに入った記憶すらなかった。

重い身体《からだ》を何とか起こし、辺りを見渡すとどうやら自室のようだ。

誰かが運んでくれたらしい。

「おはようございます。ドルト様」

いつの間にか近くにいたメイドAが声をかけてきて、ドルトはそれに答えた。

「……おはよう。もしかして、えーさんが運んでくれたのか？」

「ええ。私一人で」

「マジかよ。重くなかったか？」

「人間の運搬程度、メイドの基本技術ですよ。ちなみに身体を拭《ふ》いたり着替えさせたりしたのも私です」

ドルトはメイドAの言葉でようやく、汗と血にまみれていた自分の身体が綺麗《きれい》になっているのに気づいた。

しかも裸である。

目の前の少女に全て見られたのかと思うと、変な汗が出てきた。

顔を赤らめるドルトに気づいたメイドAは、くすりと微笑む。

「大丈夫ですよ。そこまでじっくり見てはおりません。それ程立派なものでもありませんでしたので」

「何気にひどいなオイ」

「よく言われます。何故か」

「自覚なしかいっ！」

こんな時でもマイペースなメイドAに、ドルトは突っ込んだ。

全く、と呆《あき》れながらも思い出す。

治療した飛竜がまだ、要警戒状態な事を。

「……そうだ、飛竜はどうなった⁉」

「私はドルト様を連れて帰ってから、ずっと見に行っていません。自身で確認した方がよろしいのではないでしょうか？」

「そうだな！　行ってくる！」

「お召し物はこちらに。洗濯しておりますので」

「助かる」

ベッドから飛び起きたドルトは、差し出された作業着に袖《そで》を通した。

服からは太陽の匂いがした。

◆

ドルトは急いで竜舎へ向かい、扉を開ける。

エメリアの側で、ケイトは他の飛竜の世話をしていた。

「おードルトくん。おはようー」

「ケイト！　飛竜の調子はどうだ⁉」

「ずっと寝てるよ。私は暇だから他の子たちの相手をしてたー。セーラたちもとりあえず帰ったよ」

「ふむ」

そう頷《うなず》いてドルトは、飛竜に近づく。

どうやら深く眠っているようで、その瞼《まぶた》は固く閉じられていた。

「ね、ずっとこんな調子だったよ」

「……やはり弱っているな」

更に近づいてドルトは飛竜の身体に触れた。

口を開けて舌を触り、瞼を開いて眼球の動きを見る。

「わお、ドルトくん、お医者さんみたい」

「見様見真似だよ。昔、知り合いの竜医に教えてもらったんだ」

「竜医……ってあのヤバい人たちと知り合いなの？」

「まぁ昔ちょっと、な」

恐る恐る尋ねるケイトに、ドルトはそう答える。

竜医とは国を転々とする動物医で、特に竜を診る者をいう。

とにかく変わり者が多く、腕は確かだが性格が破綻《はたん》している者が多く、国も召し抱えることは少ない。

実は若き日のドルトを竜師として鍛え上げたのもそうした竜医であり、ドルトが一人前になると
さっさとやめてしまったのだ。

「……飛竜の状態に問題はなさそうだが、少し体温が下がっている。俺は暖房をつけるから、飛竜に被せる用の乾草《ほしくさ》を持ってきてもらってくれ」

「わかったよー」

「まだ予断を許さない状況だ。細心の注意を払う必要がある」

そう言ってドルトは竜舎の外に出る。

外には暖房器具が取り付けられている。

竜舎の外壁には張り巡らされた空間があり、窯に薪《まき》を焚《く》べる事で、熱が部屋中を温めるという寸法だ。

火をつけようとしたドルトは、そこで薪がないことに気づいた。

「仕方がない、買いに行くか」

台車を引いて街へと降りようとするドルトの前に、現れたのはセーラだ。

「あーーっ！　何してるのよおっさん！」

「薪を買いにな。竜が寒がってる」

「おっさんは飛竜から離れちゃだめでしょー！　何があるかわかんないし！　私が行ってくるわ。貸して！」

そう言うとセーラは、ドルトから荷車を引ったくる。

「いやしかし……重いだろ？」

「ばーか、この程度重いうちに入りませんよ。力仕事は任せてよね」

「女子なのにいいのか？」

「いいわよ。たまにはね」

ぱちんとウインクをすると、セーラは街へ駆けて行く。

荷車をゴロゴロと引きながら、その速度は確かにドルトより速かった。

「やれやれ、助かったな」

ならばとドルトは竜舎へと戻る。

飛竜の舎には、ケイトが大量の乾草を運び込んでいた。

「これだけあれば十分かい？」

「量はな。だが乾草が少し大きい。これじゃあ隙間が出来る。裂いて細かくしてから被せていこう」

「了解ー」

大きな乾草を重ねても、隙間が大きくなり保温性が悪くなる。

それを防ぐため、ドルトとケイトはせっせと乾草を幾つかに裂いて、飛竜に被せていく。

しかし、たった二人での作業である。

その進みはあまり早いとは言えなかった。

やきもきしていたケイトが言う。

「……もう、このまま普通にかけちゃう？」

「うーむ、もう少し細い乾草があればなぁ……とはいえ無い物ねだりをしても仕方ないか」

ドルトたちが諦《あきら》めかけた、その時である。

目の前の乾草束の幾つかが、一瞬で細く割れた。

「……これで、いいのですか？」

声の主はナイフを手にしたローラであった。

「お、おう……今の、どうやったんだ？」

「普通にナイフを振っただけです」

ローラが再度、ナイフを振るうとまた、乾草が割れた。

動きが早すぎて、ドルトには何をしたのか全くわからなかった。

「これは、すごいな！」

「器用なので」

「どんどん頼む！　ケイトはローラが裂いた乾草をこちらに運んでくれ」

「あいよー！」

細くなった乾草を、ドルトは飛竜の背中にかけていく。

みるみる内に、飛竜の身体は乾草に包まれていく。

ほぼ終わりかけた辺りで、竜舎の扉が開きセーラが入ってきた。

「薪、買ってきたわよ！　おっさん」

「セーラか。あとは頼む、ケイト」

「へいへい、全くドルトくんは人使いが荒いねぇ」

竜舎の外、暖房器具へとセーラが買ってきた薪を焚べていく。

薪は荷車に山盛りになっていた。

あまりの量の薪をドルトは見上げる。

「よくこんなもの引いてこれたな……」

「一生懸命引いてきたわ」

そう言って胸を張るセーラ。

男顔負けの腕力である。

この細腕のどこにこんな力があるのかと、ドルトは呆れた。

「いや、大したもんだ。すげぇよお前ら。セーラもローラも、伊達《だて》に若くして王女様の護衛をしていないな」

「へへー照れますなぁ。ローラ？」

「照れるわね。セーラ」

ドルトに褒められ、二人は少し照れくさそうに笑うのだった。

薪を燃やすと、竜舎の温度は上がっていく。

中に戻ると飛竜の上には乾草が積まれ、暖かそうにしていた。

「ちょっと暑いくらいね」

「まぁ竜はデカいからな。これくらいで丁度いいさ。他の飛竜には迷惑かもしれないがな」

ドルトはパタパタと首元を開いて扇ぐ。

その時、飛竜の目がゆっくりと開いた。

「おっ、起きたみたいだよ！」

だが、飛竜はすぐに目を閉じて寝息を立て始める。

どうやら一時的に目を開けただけのようだった。

それでも、顔色はずいぶんよくなったように見えた。

「順調に快復しているみたいだな。まだ注意は必要だけど。さ、静かにしてやろうぜ」

「私たちは訓練に戻ろう、セーラ」

「そうね。何かあったら呼びなさい。おっさん」

「私も陸竜の竜舎を見て来るよー最近こっちにかまけっきりだったしねー」

「おう」

セーラたちを見送ったドルトは、誰もいなくなった竜舎の中でふと、安らかな寝顔の飛竜を見た。

日の光に反射し、キラキラと光る美しい巨体。

目を奪われるようなその姿が、在りし日の老竜ツァルゲルと重なった。

◆

ガルンモッサに出稼ぎにきた当時のドルトは、竜騎士団の凱旋《がいせん》に遭遇した。

その時先頭を歩いていたのが、当時のツァルゲル。

緋色《ひいろ》に輝く美しい鱗《うろこ》。鋭く磨かれた爪。爛々《らんらん》と鋭く前を見据える瞳《ひとみ》。

その格好良さに、当時のドルトは一目で虜になった。

ツァルゲルを追いかけて兵に止められているドルトを見つけ、当時の師は言った。

――おや、随分とこいつが気に入ったようだね？

――うん、すげぇよ！　かっこいい！

――そうか。なら竜師になるといい。そうすりゃこいつと、こいつらとずっと一緒だ。

――なれるの？　俺に？

――あぁなれるさ。坊主を一人前の竜師に育ててやるよ。

その言葉に釣られ、当時のドルトは竜師を目指した。

師匠の厳しい訓練にも、竜師のきつい仕事にも耐えられた。

輝くような毎日だった。

しかしドルトが一人前になると、すぐに師匠はガルンモッサを去った。

後で知った話だが、師匠はガルンモッサを辞めたがっていたらしい。

それで自分が辞める為にドルトを竜師として育て上げたのだとか。

竜医を兼ねていた師匠がいなくなり、ガルンモッサでは竜は基本的に使い捨てとなった。

手負いの竜は危険だし、下手に治療しようとして逆に怪我《けが》人を増やす恐れもある。

更に幸か不幸か、ガルンモッサには腐るほどの金があった。竜などいくらでも買えたのだ。

だから、効率を考えれば、そうするのが最適だった。

ドルト自身、こっそり助けようとはしたが限界があった。

時間はなく、余裕もなく。

……竜が死ぬのを何度も見てきた。

――――師なら、こんな状況でも竜を軽く治療してのけていた。

そう自分を鼓舞して治療を続けるも、上手《うま》くはいかない。

そんな日々が続き、ドルトは竜たちに出来るだけ感情移入しないように接してきた。

番号で呼んでいたのもそのせいである。

多忙な生活はドルトの心を殺していった。

もう竜が死ぬのは見たくない。だから竜師なんて二度とやらない。

国を出る時、そう思った。

――――それでも、今日やっと、助けられた。

救えた命に、ドルトの目から涙が零《こぼ》れた。

しばらくドルトは涙をぬぐうのも忘れ、じっと飛竜を見つめていた。

「あぁ、思い出した。俺は、竜が好きだったんだな」

ドルトは誰に言うでもなく、呟《つぶや》いた。

その目からはとめどなく涙が溢《あふ》れていた。

◆

「……っといけねぇ、仕事仕事……っ！」

ごしごしと目をこすり、ドルトは作業を始める。

飛竜の様子を見守るのもそうだが、他の竜たちの世話もせねばならない。

普段より温度の上がった竜舎での作業で、ドルトの額には瞬く間に汗が浮かんでいく。

それでもドルトの動きはしっかりしており、表情は晴れやかなものだった。

「クゥゥゥ……」

飛竜の鳴き声にドルトは足を止め、振り返る。

そんなドルトに飛竜の首が巻き付けられた。

竜が人に心を許した時に見せる、親愛の証《あかし》だった。

「エメリア……」

「クルゥゥゥ」

ドルトもそれに応えるように、飛竜の首を撫《な》でてやる。

初めてツァルゲルにそうしたように。

そんな一人《ふ》と一頭《たり》の様子を、柱の影からミレーナが見つめていた。

「あの気位の高いエメリアがあんな顔を見せるなんて……」

その目に映るのは、今まで見た事がないような飛竜の顔。

ミレーナにすら見せない様な顔であった。

「流石《さすが》はドルト殿ですね」

噛《か》みしめるように出た言葉には、尊敬と少しだけ嫉妬《しっと》が混じっていた。

◆

――それから数日、飛竜の調子はどんどん良くなっていった。

まだ寝ている時間の方が多いが、時折首だけを動かしたり、大きく翼を伸ばしたりしていた。

もうすっかり命の危機は去ったようだった。

「おーいお前ら、飯もってきたぞー」

ドルトが荷車に乗せた乾草を見て、飛竜たちはギャイギャイと騒ぎ立てる。

乾草が餌箱に放り込まれるたびに一際大きく鳴いた。

それを順々に続けていき、エメリアの前に辿《たど》り着《つ》く。

「お前のは特別だ」

エメリアの餌箱に入れられたのは、栄養剤を塗布した牧草である。

しかも細かく刻み、消化しやすくしているものだ。

エメリアは与えられた食事をもそもそと食べ始める。

食欲も十分、顔色もいい。

どうやら大分回復してきているようだ。

「よーしよし、しっかり食べろよー」

飛竜たちの食事の様子を、ドルトは眺めていた。

食事の様子からは竜たちの体調や気分、その他諸々《もろもろ》、様々な情報を得ることが出来る。

（6号はいまいち食欲がないな、胃腸が悪そうだ。乾草やめて果物でも与えるか。12号は風邪気味かな。隔離した方がいいかも）

飛竜たちにはケイトが名を付けているが、ドルトは覚えきれないので結局番号で呼んでいた。

ケイトの前でそう呼んだら怒られるので、あくまで心の中で、である。

「ドルト殿、おはようございます」

声をかけて来たのはミレーナだ。

飛竜の様子が気になるのか、最近は毎日のように訪れている。

「おはようございます、ミレーナ様」

「エメリアの調子はどうですか？」

「もうすっかり良くなりましたよ。ミレーナ様が毎日見舞いに来てくれているおかげかもしれません」

「いえ、ドルト殿の適切な処置があったればこそですよ。本当にありがとうございます。ドルト殿にはなんと御礼申し上げればよいか」

「いえいえ！　私の方こそ、とても良くして下さってますので。このくらいは当然ですよ」

「そう言って頂けると幸いです。……ではまた。じゃあね、エメリア」

「ギャウ」

手を振るミレーナに、尻尾《しっぽ》を振って応えるエメリア。

その時、コンコンと何かを叩《たた》くような音が聞こえて来た。

音の方を見ると、エメリアの腹の下、卵には細いヒビが入っていた。

「おお、どうやらもうすぐ産まれそうですね！」

竜の卵は非常に分厚い。

十分に成長した中の稚竜は、分厚い殻を何度も、何度も叩き、数日かけてようやく出てくるのだ。

ノック音が聞こえて来たら、もうすぐ産まれる合図である。

しかし喜ばしい出来事のはずが、ミレーナは慌てた様子を見せた。

「ど、ドルト殿。この音はいつ頃から……？」

「三日ほど前からですかね。いつ産まれてもおかしくないですよ」

「三日前⁉　こ、こうしてはおれません！」

慌てて走り去るミレーナをドルトは不思議そうに見送るのだった。

そしてミレーナはすぐに帰って来た。

何人かの神官姿の男たちを連れてである。

ミレーナ自身も、普段とは違う装いに着替えていた。

だぼっとしたピンク色の衣装で、儀式的な模様で彩られていた。

「えーと……一体何が始まるのですか？」

「お主がドルト殿か。これより迎竜の儀式を執り行う。すまぬが出て行ってもらえるか」

「げい、りゅう……？」

聞きなれぬ単語に首を傾《かし》げるドルトに、神官たちは続ける。

「そう言えばドルト殿はこの国に来てまだ浅いのだったか。では説明しよう。迎竜の儀式とは竜の卵が孵《かえ》る間際からずっと付き切りで世話をし、卵が孵る時を共に迎える儀式だ。これにより、新たに産まれた竜は主に懐き、よき相棒として育つ」

「なるほど、刷り込みですね」

鳥類など、卵性の生物は卵から孵った時初めて見たものを親と認識する性質がある。

それが刷り込み。

即ち迎竜の儀式とは、それをスムーズに行うためのものなのだと、ドルトは理解した。

「然り。特に今回はミレーナ様の飛竜だ。産まれる時、他の人間に刷り込みが行われると困るからのう」

「そういう事でしたら……」

「ち、ちょっと待って下さい！」

立ち去ろうとするドルトを、ミレーナが止める。

「ミレーナ様、如何なされましたかな？」

「エメリアはまだ万全ではありません。何か起こる可能性もあります。ドルト殿に離れられると万が一のことが起きた時、困ります！」

「ふむ……そうでしたか。しかし卵がひび割れてから、数日かかる時もあります。ミレーナ様とドルト殿が二人一緒で夜を明かす……というのは流石に問題がございましょう」

「ぁ……」

ミレーナは思わずといった様子で声を漏らす。

そして小声でぶつぶつと、何やら呟き始めた。

「確かにドルト殿とて一人の男性。寝食共にしているうちに、そういう感情が芽生えないとは誰が言い切れるだろうか。いや、芽生えます！　きっと！　必ず！　ええええ、そうですそうですとも！　……そして夜は肌寒い季節。互いに身体《からだ》を近づけて休んでいる時にふと触れ合う手と手。仄《ほの》暗《ぐら》い竜舎の中、互いに見つめ合う二人、近づいていく唇。そして――」

完全に自分の世界に入ったミレーナに、ドルトは声をかける。

「…ミレーナ様？　ミレーナ様ー？」

「はっっっっ!?」

ドルトの声でようやくミレーナは意識を取り戻した。

全員の訝《いぶか》しむような目に晒《さら》され、コホンと大きく咳払《せきばら》いをする。

「え、えぇと……確かにそうですね。問題があります。えぇ、とても」

「でしたら……」

「それならば私は、扉の外で待機しましょう」

神官の言葉をドルトが遮る。

「夜は外で寝袋を使います。呼べばすぐにでも駆け付けられるように」

「しかしそれではドルト殿が……」

「飛竜が心配なのは私もです。回復傾向とはいえ、まだ何が起こるかはわかりません。どうか……！」

深々と頭を下げるドルトに、神官たちは顔を見合わせる。

確かに万が一、ドルトが席を外していたことが原因で飛竜が死んでしまったら……そう思うと神官たちに否定することは出来なかった。

「……わかりました。エメリアはミレーナ様の愛竜です。何かあったら、償いきれませんからな」

「特例ですぞ！　全く」

「ありがとうございます！」

破顔するミレーナを、神官たちは仕方のない人だと言って呆《あき》れ、笑うのだった。

そうして迎竜の儀式は始まった。

この間、ミレーナは王女としての執務を完全休業。

どうしてもという仕事は、持ち込まれこの場で処理されていた。

竜舎は分厚いカーテンで仕切られ、その奥ではエメリアとミレーナだけ。

世話も基本的にミレーナが行い、時折ドルトも診察に訪れる。

この間二日。順調であった。

「……ミレーナ様、食事を届けに上がりました」

「どうぞ、お入りください」

ミレーナの返答の後、カーテンを開けてメイドAが入ってくる。

その隣で作業をするドルトを見て、ふっと笑った。

「おやおや、昨晩はお楽しみでしたね」

「何もねーよっ！」

メイドAの言葉に声を荒らげるドルト。

「わかっていますよ。ドルト様は意外とヘタレそうですしね？」

「……おい」

メイドAはそれ以上何も言わず、食事を置いて出ていった。

トレイに乗せられているのはバター付きのパンにゆで卵、サラダにスープ。

隅にはコーヒーが置かれていた。

「ったく、困ったものですね」

「あ、あははは、全くですね！　えぇ、はい！」

カーテンの向こうから聞こえるドルトの声に、ミレーナは慌てて返した。

「……それよりどうですかミレーナ様、飛竜の様子は」

「えぇと。そうですね。問題なさそうです。卵も時折動いていますし、もうすぐ孵るかも」

「それはよかった。竜舎で過ごすのも大変でしょう？　臭いし汚いし」

「いえ、そんなに嫌いではありません。本当ですよ？」

ミレーナの言葉は、ドルトには本心からのものに聞こえた。

こんな汚いところで嫌な顔一つせず。

本当に変わった王女様だと思った。

「とはいえ、食事時にはあまり好ましくないニオイですけれど」

「はは、同感ですな。しかしそれももう少し――――」

「グゥゥゥ……」

ドルトの声を遮るように、低い唸《うな》り声が響く。

飛竜のものだ。

何かを訴えかけるような声に、ドルトはカーテンを開けて中に入る。

「失礼します！」

「ドルト殿、エメリアは……？」

「とにかく、見てみましょう」

ドルトは飛竜に駆け寄る。

だが、飛竜の様子に変わりはない。

恐らくただ、声を上げただけだろうと判断し、ドルトは胸《むね》を撫《な》で下《お》ろした。

「……大丈夫なようです。では私はこれで」

「はい、安心しました」

「グォウ！」

だが、飛竜は不満そうにもう一度鳴いた。

そしてドルトの身体に首を巻き付け、引き寄せる。

「おいおい、どうしたんだよ全く……もう俺は行かないと……」

言いかけたドルトの視線の先、卵に大きな亀裂が入った。

ぴし、ぴしと亀裂は徐々に大きくなっていく。

「まず……っ!?」

このままでは自分まで刷り込みされてしまう。

慌てて出ていこうとするドルトの襟首を、飛竜が咥《くわ》えあげた。

「おわぁっ!?」

どすん、と卵のすぐ傍に落とされたドルト。

その衝撃で卵は完全に割れた。

中から出てきた子竜とドルトの目が、合う。

「ぴぃー……？」

「お、おはよう」

可愛らしい鳴き声に、ドルトはそう返すのが精一杯だった。

小さな翼にくりくりとした大きな瞳《ひとみ》。

頭に乗せた卵の殻。

まだ全く汚れていない白銀の鱗《うろこ》が、美しく輝く。

大きさは人間の赤子くらいだろうか、普通に抱きかかえられそうなサイズである。

生まれたばかりの子竜はドルトをじっと見ていた。

しばし、時間が止まったかのような静寂が流れる。

「い、いかん！　ミレーナ様、私の前へ！」

「は、はいっ！」

このままでは自分に刷り込みが行われてしまう。

そう思ったドルトは慌ててミレーナを抱き寄せ、子竜の前に座らせる。

子竜は目の前のミレーナと、その隣のドルトを交互に見やる。

緊張の瞬間、子竜は首を傾げる。

「ぴぃー？」

そして、とても愛らしく鳴いた。

なんと可愛《かわい》いらしい仕草であろうか！　ドルトもミレーナも、思わず心臓が高鳴る。

二人の目は潤み、口はだらしなく開いていた。

「どうしましょうドルト殿、この子、すっっっごく可愛いです……！」

「えぇ、実は私も生まれたばかりの飛竜の子を見るのは初めてでして。ちょっと感動しています」

基本的にガルンモッサでは飛竜は産まれない。

陸竜は数が多いのでたまに産まれる事もあるが、飛竜は交配させるほど有していないのだ。

もう少し育ったのは見た事があるが、生まれたての飛竜を見るのは初めてだった。

「……可愛い、ですね」

ほう、とため息を漏らすドルトの横顔を、ミレーナはなんだか可愛いと思った。

初めて見せる、ドルトの表情だった。

「あ！　しまった早く出て行かないと……」

立ち上がり出て行こうとするドルトの足を、子竜が掴《つか》む。

「ぴぃ」

「う……」

ドルトはその小さな手を振り払うことは出来なかった。

そもそも既に、刷り込みは終わっているようだった。

子竜の向ける視線は、子が親に向けるそれであった。

ドルトは観念したように座り込む。

「あはは……やっちゃいましたね。ドルト殿」

「ええ、本当に申し訳ない……ったく、お前のせいだぞ！」

飛竜を軽く殴ると、知らぬと言った顔で目を閉じた。

完全なる確信犯であった。

「ぴぅーっ！」

「きゃっ！　も、もうやめなさいってば……」

子竜はミレーナの顔を舐《な》める。

どうやらミレーナの事も親だと思っているようだ。

ギリギリ、ミレーナへの刷り込みは間に合ったかと、ドルトは胸を撫で下ろす。

飛竜のせいとはいえ、ミレーナに懐かなければ儀式は失敗。

ドルトも何を言われるかわかったものではない。

「ぴぃーっ！」

子竜は一際大きく鳴くと、ドルトとミレーナの腕を掴まえる。

二人の腕に掴まった子竜、その様子はまさに親子のようだった。

「お？　……はは、こいつは……」

「ええ、はい。困ってしまいますね」

「ぴぅ！」

顔を見合わせ苦笑するドルトとミレーナの間で、子竜は元気よく鳴いた。

エピローグ

「……で、結局儀式は失敗しちゃったわけ？」

「面目無い」

竜舎から戻ったドルトは、ケイトたちにこれまでの話をした。

セーラもローラも、呆れ顔《がお》でドルトを見ていた。

「あーあ。おっさんたら、神聖な儀式をぶち壊しにしちゃったわねぇ。ローラ？」

「これは市中引き回しの上、磔《はりつけ》獄門ね、セーラ」

「何よ、ハリツケゴクモンって」

「ほらこれ『世界が誇る拷問集』に載ってるわ」

「うわっちょ、グロイもん見せないでよね……」

ローラの手にした本に載っていた挿絵を見たドルトもゾッとする。

実際飛竜は貴重だし、王族専用のものとなればそんな対応もありうる。

青ざめるドルトの背中を、ケイトがバシバシと叩《たた》いた。

「あはははは、まぁドンマイドンマイ。そんな日もあるよ」

「いや、笑えねーよ……」

実際、ドルトは落ち込んでいた。

不用意に顔を出しさえしなければ、飛竜に咥えられても無理やり振り切っていれば、子竜の可愛《かわい》さに目を奪われていなければ、こうはならなかったはずである。

ドルトは今日何度目かの、深いため息を吐《つ》いた。

「……ぷっ」

セーラが噴き出す。

釣られて他の皆もだ。

あたりは笑いの渦に包まれた。

それをドルトが睨《にら》む。

「おい、俺が死ぬのがそんなに楽しいのか」

「あははは、いやいやゴメンゴメン！　ったくからかい過ぎよ！　セーラ、ローラ！」

「はーい」

「反省してまーす」

何事かと訝《いぶか》しむドルトに、三人は頭を下げる。

ケイトがその理由を説明する。

「実は、今回の迎竜の儀式は久しぶりに行われたのよ。昔からある儀式だけど、今はもう形骸《けいがい》化してるわ。私だって孵《ふ》化《か》の瞬間に立ち会った事ないし、セーラたちだって殆《ほとん》どはそう。まぁたまに偶然立ち会うこともあるけどね。そんな事しなくてもアルトレオの竜は頭いいからすぐに飼い主を覚えるのよね。だけど、今回はミレーナ様がどうしてもって言うから行われたのよ」

「そ、そうなのか？」

「うん、だから特にお咎《とが》めはないと思うよー」

「あっても謹慎一ヶ月、給与七割引きとかかな」

「セーラ、調子乗りすぎ」

「はーい」

悪戯《いたずら》っぽく笑うセーラの頭を、ローラがぺしんと叩く。

「大体さ、おっさんは心配性なのよ。ミレーナ様がそんな事をさせると思う？」

「それは……させないと思うが、国の方針に逆らえないって事もあるだろうよ」

「いーや、ないわね。そもそもアルトレオは、ドルトくんみたいな優秀な人材を罰してる暇も、殺してる暇もないわ」

「なるほど、ね」

ドルトはそれを聞いて苦笑する。

かつていたガルンモッサは、人も金も竜も、有り余っていた。

上司の言う事には逆らえず、言う事を聞かぬ者、行動に移せぬ者は容赦無く捨てられた。

生き残るだけで消耗していく日々。

安い給与で休みなく働かされ、何人もの同僚が辞めたり、あるいは解雇されたりするのをドルトは見てきた。

だがここ、アルトレオでは人々はのびのび働いている。

王女様からして自由な国だ。

それがドルトには心地よく感じていた。

「そ、れ、にー。ミレーナ様、言ってたじゃない？　『あなたの事は一生涯を賭《か》けて守ります』ってさ」

その言葉にケイトとローラがざわつく。

「おっと、プロポーズかな？」

「ミレーナ様、本当に王女だという自覚がないですね……はぁ」

「ねぇねぇドルトくん？　その話、詳しく聞かせて貰《もら》いたいなー」

「本人に聞いてみてはどうですか？　ケイトさん」

ローラの視線の先、ミレーナが子竜を抱いて来るのが見えた。

大きく手を振るミレーナの手から抜け出し、子竜がドルトの元へと飛んでくる。

「ぴぃーっ！」

「おわっ⁉」

慌てて捕まえたドルトの顔を、子竜はべろんと舐めた。

「す、すみません。この子、ドルト殿に会いたがっていて……」

「いえ、構いませんよ。私も丁度会いたかったところです。……こら、くすぐったいぞ」

「ぴぃーぅいーっ！」

元気よく鳴く子竜に、ケイトも、セーラも、ローラも釘付《くぎづ》けだ。

「「「可愛いーーっ‼」」」

三者同様の反応だった。

キラキラした目を子竜へと向ける。

「めちゃくちゃ可愛いじゃない！　いいなぁー！　こんないい子に懐かれてーっ！」

「うんうん、やっぱり何度見ても子供の竜は可愛いなぁ」

「……うん、いい」

「ところでさ、名前は決まったのかな？」

ケイトの言葉にドルトとミレーナは顔を見合わせる。

そういえばまだ、名をつけていなかった。

「ミレーナ様が決めて下さい」

「いえいえ、ドルト殿のお陰ですから！　是非ドルト殿が！」

「ダメですよミレーナ様、ドルトくんはアホだから18号とかつけますよ。それでもいいので？」

「そ、それはちょっと……」

番号呼びは流石《さすが》にありえないと思ったのか、ミレーナは自分で考え始める。

しばらくして、思いついた名を口にする。

「では、レノというのはどうでしょうか？」

――レノ、その響きに全員がほうと唸《うな》る。

「よい名前です。流石はミレーナ様」

「そうですね。格好良いですね」

「レノちゃん？　レノくん？　どっちでもいいねー！」

ドルトも頷《うなず》いた。

「レノ……素晴らしい名です。そして何処《どこ》か懐かしいような。とても私では思いつきません」

「ちなみにおっさん、なんて名前付けようとしてた？」

「……ゼロ」

「あはは、やっぱり番号じゃーん！」

「うるさいな……これでも少しは考えたんだよ」

セーラにからかわれ、言い返すドルト。

その場にいた皆が、笑っていた。

ミレーナは子竜――レノを静かに、優しく抱きしめる。

「これから、よろしくね。……レノ！」

「ぴっ！　ぴぃーーーーっ！」

嬉《うれ》しそうに鳴くレノ。

どうやら名前も気に入ったようである。

アルトレオに生まれた新たな飛竜。

大きく翼を広げるその姿は、この国が羽ばたく様を表して見えた。

小さくも、力強い翼は蒼穹《そうきゆう》によく映えていた。

あとがき

初めまして、謙虚《けんきょ》なサークルです。

このたび『おっさん竜師、第二の人生』が発売！　となりました。

応援して下さった皆様方のおかげです。感謝感謝、謝謝。

全編に改稿を重ね、書下ろしも三万文字くらいあります。

三万文字というと大判書籍の四分の一《こ》《れ》ですよ⁉

これはお得！　ここまで改稿したのは初めてです。

前作の『効率厨魔導師、第二の人生で魔導を極める』はまぁそこそこ改稿して書下ろしもやりましたが、こんなにはやらなかったなぁ。

編集者によっても変わるのでしょうが、ほぼ毎週1時間、3か月くらい打ち合わせするのは割としんどかったです。

とはいえ自分としてはよくなる改稿なら時間の許す限りやりますが。

自分で見ていると気づかないもので、言われてみれば「確かに」と頷《うなず》くことが多々あります。

そしてその甲斐《かい》あって、めちゃめちゃ面白くなったと思います！

やっぱり作品というのは、人との話し合いでアイデアは生まれるんですよね。

コメントとかを見て、なるほどなーと思いながら設定を加えたり、いや、ここはこれでいいんだよと思ったり。

自分は話を作る時はあらすじを誰かに説明しながら、アイデアを貰《もら》ったり、思いついたりしながら書くことが多いです。

「～ってな感じで話を考えてるんだよね」「でもちょっと盛り上がりが足りなくない？」「うむぅ、じゃあ～って展開はどうよ？」みたいな感じで一章ずつ話を組んでいきました。

今作はそういった方々のおかげでもあります。この場を借りて感謝いたします。

結構先まで考えているので、人気が出て続いてほしいなーと思っていたり。

ガルンモッサがあんな事になったりこんな事になったりして、満足していただけると思いますよ！

そして素晴らしいイラストを描いてくださっているこちもさんにもこの場を借りてお礼申し上げます。

みんないい感じなのですが、自分はドルトくんがかっこよくて好みです。

腕の長いグローブが特によいと思い、ストーリーにも大きく組み込んでみました。

こういったところからアイデアを得るのも楽しいですよね。

そんなこんなで『おっさん竜師、第二の人生』続く限り応援していただけると幸いです。

それではまた、二巻で会いましょう。

お便りはこちらまで

〒102－8078
カドカワBOOKS編集部　気付
謙虚なサークル（様）宛
こちも（様）宛

カドカワBOOKS

おっさん竜師《りゅうし》、第二《だいに》の人生《じんせい》

2018年7月10日　初版発行

著者／謙虚《けんきょ》なサークル

発行者／三坂泰二

発行／株式会社KADOKAWA

〒102-8177
東京都千代田区富士見2-13-3
電話／0570-002-301（ナビダイヤル）

編集／カドカワBOOKS編集部

印刷所／大日本印刷

製本所／大日本印刷

KADOKAWA　カスタマーサポート
［電話］0570-002-301（土日祝日を除く11時～17時）
［WEB］https://www.kadokawa.co.jp/（「お問い合わせ」へお進みください）
※製造不良品につきましては上記窓口にて承ります。
※記述・収録内容を超えるご質問にはお答えできない場合があります。
※サポートは日本国内に限らせていただきます。

Printed in Japan
ISBN 978-4-04-072752-3 C0093

新文芸宣言

かつて「知」と「美」は特権階級の所有物でした。

15世紀、グーテンベルクが発明した活版印刷技術は、特権階級から「知」と「美」を解放し、ルネサンスや宗教改革を導きました。市民革命や産業革命も、大衆に「知」と「美」が広まらなければ起こりえませんでした。人間は、本を読むことにより、自由と平等を獲得していったのです。

21世紀、インターネット技術により、第二の「知」と「美」の解放が起こりました。一部の選ばれた才能を持つ者だけが文章や絵、映像を発表できる時代は終わり、誰もがネット上で自己表現を出来る時代がやってきました。

UGC（ユーザージェネレイテッドコンテンツ）の波は、今世界を席巻しています。UGCから生まれた小説は、一般大衆からの批評を取り込みながら内容を充実させて行きます。受け手と送り手の情報の交換によって、UGCは量的な評価を獲得し、爆発的にその数を増やしているのです。

こうしたUGCから生まれた小説群を、私たちは「新文芸」と名付けました。

新文芸は、インターネットによる新しい「知」と「美」の形です。

2015年10月10日
井上伸一郎